上海市民生活记忆

上海市档案馆 编

上海文化出版社

序言

上海，是中国最大的经济中心城市，是中国与世界相连接的重要窗口，是物阜民丰、流光溢彩的东方明珠。红色文化、海派文化、江南文化在这里交织，成就了上海“开放、创新、包容”的城市品格，成为城市发展最基本、最深沉、最持久的动力。

除却浦江奔涌、潮阔东方的火热，对于生活在这座城市里的人来说，上海也是一座有体温的城市。苏州河的浅吟低唱、弄堂里的叫卖声、小菜场的熙熙攘攘、人民公园的留念照……这大都市里的烟火气，不但是几代上海市民的共同记忆，也部分构成了上海的城市精神，塑造着上海的城市气质。

上海市档案馆特别编选出版了《上海市民生活记忆》一书。全书收录文章20篇，这些文章通过个人视角，以小见大，以水滴汇成涓流，折射出时代的发展变化。

本书还特别采用了著名连环画家罗希贤绘制的 20 幅彩色连环画作品作为插图。这组作品聚焦“上海市民生活记忆”主题，既有回顾过往，也有记录当下，如“过年”“小菜场”“南货店”“逛公园”“逛城隍庙”“孵茶馆”“吃咖啡”“乘风凉”“逛书展”“黄河路”等，涵盖历史变迁、城市生活、文化传承、社会风貌等与市民生活记忆密切相关的各个方面。

一座城，一群人。上海人的生活记忆印刻着时代和城市发展变迁的记忆。上海市档案馆将用好档案这一特殊载体，持久守护好这份时光的馈赠，传承好上海百姓文化，讲述好上海的故事、上海人的故事。

上海市档案馆

城记

目录

寻味

忆趣

寻味

南货店
肆拾肆
百年老店
南北土产山珍海味
南货

南货店是儿时记忆里温馨热闹、有滋有味的地方。物资匮乏的年代，南货店承载了太多日常惊喜与慰藉，更是幸福感的重要源泉。

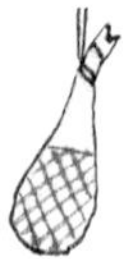

复杂气味构成的南货店

刘巽明

南货是泛称，指长江以南地区盛产的食品，也指北方没有的南方果品、甜点茶食、腊肉腌货、干果海味等。例如金华火腿、绍兴黄酒、南京板鸭、宁波海味、岭南干果等都属于南货。南货排斥“生鲜”，囊括常温下久存不变质食品，因此，采用晒风烘烤、腌腊糟醉等，减少其含水量以便保质。

上海人记忆中的南货店，不仅仅是商品和货币往来的所在，其与生活也密切相关，如同食品万花筒般存在，是由复杂气味构成的记忆迷宫，其间穿梭往来的生人熟客，更是一幕幕人间悲喜剧的参与者和见证者。

一店百味

一般的南货店都备有上百种货品，可谓食品“集大成”。

海鲜干货：开洋（虾仁干、虾米、海米、金钩）、鳗鱼鲞（海鳗风干的淡干品）、黄鱼鲞（黄鱼干、白鲞）、明府鲞（墨鱼干、乌贼鲞）、海蜒（粗桂、细桂）、淡菜（东海夫人）、紫菜（紫英、索菜、膜菜）、海带、鱼翅、鲍鱼、海参、干贝、鱼肚等；

果品干货：荔枝、桂圆、莲子、花生、山核桃、香榧子、柿饼、红枣、黑枣、核桃仁、杏干等；

菜蔬干货：香菇、木耳、金针、笋干、扁尖（焙熄）等；

腌腊食品：火腿、咸肉、腊肉、熏肉、香肠、风鸡、板鸭等；

糟醉食品：泥螺、醉蟹、蟹糊、虾子糟鱼、糟鸡鸭鹅、糟蛋等。

这些食物，无不体现了苏南、宁绍、闽粤等地饮食的风味特色。

南货店还卖各种调料、瓶装酒醋、糕点干面，以及洗涤石碱、包粽子的箬壳、祭拜的香烛等。

通常南货店大门上面都有黄底黑字招牌，也有采用金字招牌的，显示资金雄厚和信誉良好。所谓“大名重宇宙，有美尽东南”，就是赞叹南货的丰富和珍奇，南货店买卖的货品包罗万象，日常必需，老少皆宜，加上诚信经营，因此渐渐成为老字号。甚至有说法：小店货多，要啥有啥。

例如，枣子品种就有天津小枣、河北小枣、山东乌枣（黑枣），经过加工成蜜饯的有蜜枣、金丝枣等；经过加工的鸭蛋有咸蛋（灰蛋、腌鸭蛋）、皮蛋（彩蛋、变蛋、松花蛋）、糟蛋等；原糖有冰糖、红糖、赤砂糖、白砂糖、黄砂糖、绵白糖等，经过加工的有芝麻糖、花生糖、豆酥糖、藕丝糖等。

不少南北货店都设有“自产自销”的作坊：糕饼作坊、蜜饯作坊、炒货作坊、蜡烛作坊、火腿作坊，凡是“五作”齐全的称大型店，“五作”不齐的称中型店，没有作坊的是小店。

南货店因为货品多多，即使小型的也得两开间门面，雇店员两三名；大门和主柜台朝南；东西侧还排列着柜台，一宽一窄，便于接待多名顾客。店家不时更换宽窄布局，算是整新店面。宽侧边的玻璃柜台盛放着各色糕点、糖果和各色南货。柜台面上一排玻璃瓶子，最常见的那种长方形身圆盖，甚至还有铁架子可以插瓶子；方瓶在台上放置，圆盖系密闭，瓶内装有销量大的各色蜜饯及零星糖果。

南货店三壁是柜橱抽屉，店堂里面瓶瓶罐罐，门口缸缸甏甏，非常之满满当当。逢年过节、红白喜事及社交礼仪等，都得与南货店打交道。市民逢年过节和祭祀活动，所需的祭品和食品都得从南货店购入，所以南货店还出售香烛香斗等。南货店在老百姓心目中有地位，周边百姓中有知名度，男女老少提及“某某南货店”无人不晓。至今记得，小辰光（时候）屋里厢附近，就有“老协兴”和“倪仁兴”两爿南货店，相隔一条小马路，但是生意都十分兴隆。

对于老上海来说，南货店往往跟暖融融的团圆气氛联系，多了几分怀念。卖南货的店铺，老一辈的一般都称南货铺，小一辈的则叫南货店。时代变迁，南货店“华丽转身”为食品店。不是吗？甚至著名的中华老字号南货店，金字招牌中央标“食品”字样，“南货”字样却处于“注脚”地位哩！

人间烟火

近代在上海做南货生意的，以宁绍、苏南、闽粤等富庶地区人士为主。1949 年前后，上海具有规模的南货店（门面两开间以上，进深前店后作坊）最多时达 87 家。宁帮三阳、天福、邵万生，广帮立丰，闽帮鼎日有，苏帮三阳盛，金华帮万有全，绍帮叶大昌等，都是响当当的店招牌。

开一爿南货店，不但货源广泛，货品选择随意，而且货物卖不掉久存不坏，不必太操心生意蚀本。南货店“稳赚不蚀”，是个好行当。因此，除闹市区有大型南货店之外，上海大街小巷也充满了南货店，毕竟“民以食为天”，每天少不了“吃”，隔三岔五要光顾南货店，不怕没有生意。小辰光，误将“南货”为“难货”，认为采办、运输、加工这一些货品颇难。后来，上海有“南北货号”，长辈讲：“到南北货店，去买点东西”，这句短语很有趣，包含“东南西北”四个方位！

南货店是儿时记忆里温馨热闹、有滋有味的地方。物资匮乏的年代，南货店承载了太多日常惊喜与慰藉，更是幸福感的重要源泉。孩提时代，大人烧煮菜肴临时需要某样东西，会差小孩子去附近的南货店买。日积月累与店员混得面熟，有时离店时，还会给一粒小冰糖“尝甜头”哩！后来长大了，只要手里有零花钱，就会兴高采烈地跑到南货店，买一些自己喜欢的零食解馋。有时候美食甚至是次要的，到南货店里走一趟看一看，也是一种满足和喜悦。

宁波人对南货“情有独钟”。20 世纪 30 年代，大量宁波人涌入上海滩谋生发展，客居他乡怀着浓浓的乡恋乡愁，而且多数属于社会主流，热衷光顾南货店，对宁波海味和宁式糕点也有着“眷恋”——乡味难舍。另外一个原因，宁波人开的南货店，基本上都用同乡人做店员，因此相互十分“讲得拢”——乡音亲情。

我的家族中，祖辈与父辈跟南货和南货店都有不解之缘。祖父是南货掮客，外祖父是南货店职员，父亲学生意就在南货店，后来我的岳父也是宁波庄市阜生南货店的阿大（经理）。

我祖父出生于 1900 年，祖籍宁波镇海贵驷桥，20 世纪 30 年代跑单帮，到上海倒卖宁波土特产。1940 年代始定居上海做起了南货跑街先生（即掮客、中介）。20 世纪 50 年代，我能独立走路后就经常跟着祖父，到各爿南货店领市面，掌握市场情况，他“上家搬下家”地赚钞票。有时候，熟悉的店员也会给我一些好吃的（如碎糕点）尝尝味道。

曾名为“石（闸）路”的福建中路，历史悠久，修筑于清康熙年间的1672年，已有350余年历史，是条响当当的“老字号”马路。当年商家林立、书场戏院扎堆，其南端至郑家木桥（现延安东路），还是南货一条街哩！印象最深的是靠近广东路口，有一家鼎丰桂圆店，门口空地上置一个两人高的大桂圆模型“夺眼球”，以此招揽顾客，被誉为“桂圆大王”。此外，记得有句口头语：郑家木桥小瘪三。言下之意这里叫花子（乞丐）很多，为什么？繁华地带嘛！

明清时期，宁波帮商人贩货天下，到各地所从事的行业已延伸至各个领域，特别在渔盐、药材、南北货等行业中占据着绝对优势。20世纪50年代前，著名的上海大马路——南京东路，宁波人开的有规模的南货店号，自山西中路到浙江中路北侧依次为邵万生、天福和三阳，这三爿店于19世纪六七十年代陆续开设，成为当时的“新业态”。

邵万生创始人是宁波三北一个邵姓渔民花600银圆买来的养子，因而被叫作“邵六百头”。1852年，邵六百头来到上海，在虹口开了一家“邵万兴”的店卖自制的醉糟食品，很合江浙人口味；1870年迁往南京路，改名邵万生南货店。

天福创始人也是宁波人，1927年迁址至南京路。主要经营糕点、罐头、茶叶等高档南货，出售的杭州龙井茶、金华火腿等均派专人到产地选购。该店1958年歇业，糕点部并入三阳南货店，糟醉部并入邵万生南货店。原址曾变成了丝绸公司、上海家具店。

三阳创始人是宁波庄市坂里塘人，1863年在老城厢开出首店，1870年又迁址南京路。当时花园弄刚改名为南京路不久，该店铺先声夺人，占据了绝佳市口。

我外祖父出生于1897年，宁波镇海骆驼桥人。1954年我虚岁10岁，外祖父虚岁58岁时，我们第一次到上海。他是杭州著名南货店方裕和的资深职工，该店是同乡人开设。外祖父带着我到南京东路的这三爿南货店逐一走访，也许是老板有事情拜托，每家店里谈得都非常投缘。

外祖父领我走进南货店店堂，还进了“闲人莫入”的作坊间等，真让我大开眼界。店堂里除橱柜箱缸陈设商品外，引人注目的是当中高悬的蜡烛架。木架四周黑板金字，雕刻人物禽兽，装潢美观，架中普遍设有各种红烛，有在烛上堆龙凤的，有堆花卉的，有写金字的。在作坊，看到师傅制作糕点糖果蜜饯等，手法娴熟、勤勤恳恳。

三阳老板特别客气，中午时分还留饭哩！据外公讲，他和三阳老板同是镇海人，庄市与骆驼桥靠得近，因此格外亲近。我们返回时满载而归，携带了许多名特优的南货礼品。

到我父亲这一辈，和南货店亦是有缘。1921年他出生于镇海贵驷桥，虚岁 16 岁时到杭州方裕和南货店学生意，跟的就是我外祖父。他在店里人不多时，就将各种南货的品名和价格记得一清二楚，而且还能掌握货色的质地优劣，同时账算得快会打算盘，颇得我外公欢喜，于是将自己的大女儿许配给他。

孩提时代，外祖父与我祖父和父亲的话题经常是“南货”和“南货店”，这是他们的共同语言，我会坐在一旁傻傻地听着，甚至有些“入迷”，一些故事至今不忘。如零拷酒，要提得快，这样量就相对少，而油则提得慢，让提子周边的多流淌一些。他们还展示各自的“拿手戏”：纸包的三角包、斧头包等，以及绳子扎玻璃瓶等。

老店薪传

上海人说起南货店，最出名的要数两个“三阳”——三阳南货店和三阳盛南货店。

先说说三阳盛南货店，它的历史可追溯至1927年。当时一位苏州人在石门一路113号开设了一家店铺，主营南北货，因其系木匠出身，装潢尤为考究，店堂内还架起了一座花楼，仅花档子就有201根。但由于资金周转不灵，不久便转手给了崇明籍的施启明等人，于1929年重新开张，并取名“三阳盛南货店”，意为三阳开泰、枝茂叶盛，主营南北干果、山海土产。

相比之下，三阳南货店的年代更为久远，作为宁帮店铺，至今已有一百六十余年的历史。1863年，宁波庄市坂里塘的一位唐姓老板，在上海老城厢老西门内肇嘉浜路（现复兴中路）开了一开间半门面南货店，主要经营宁绍地区和浙江一带的土特产品。取名 “三阳”，即采自“三阳从地起，五福自天来”通用的对联。

“三阳”由于经营得法，门庭若市，从此名声四扬，很快发展成有八位股东的大店铺。1870年，老店新开，在现南京路浙江中路东北角“搞大”，不仅出售山货、海味、糕点等，还根据宁波人“四季四食”的风俗，推出“春酥、夏糕、秋饼、冬糖”等当季特色食品。

1854 年花园弄延筑至浙江路，俗称大马路，1865 年上海公共租界工部局才正式定名花园弄为南京路。著名的永安、先施、新新和大新“四大公司”，建造都在“三阳”之后，可以说“三阳”有“先见之明”，捷足先登抢占地理优势。

当年的上海已有“无宁不成市”之说，即在上海做生意的宁波人已有相当数量，侧耳便能听到宁波话，而且他们非常想吃具有家乡风味的食品，三阳南货店便顺应这种需求，主要经营宁、绍地区等浙江一带的土特产。

三阳的生意兴隆，主要是商品保质保量，老板亲自到十六铺进货，仔细分拣，严格分档次，如桂圆按颗大小过筛分档，分秃圆、大三圆、四圆和五圆，按质论价，物有所值，受到顾客认可。同时，重视服务，送货上门，有钱人派员到店堂，店员笑脸相迎端茶倒水，顷刻照单一一配齐，小伙计提货到府上。

南货店前店后作坊现做现卖，自产自销。控制质量，吸引顾客，减少运输，降低成本，增加透明，创建品牌。宁式糕点选料考究，加工精细，造型别致，以酥为主，软脆兼有，甜中带咸，咸里透鲜，松酥多味。常年供应的品种包括喜庆类和时令类中的一部分，花色繁多，不胜枚举。

按制作方式分，有燥糕类、潮糕类、糖货类、油炸类、蛋糕类、酥饼类、月饼类、油面类、混合类等多种。按经营品种分，有喜庆、时令、常年三大类。喜庆类如订婚定亲用的吉饼、油包，做生祝寿用的寿桃、蛋糕，婴儿满月周岁、小孩上学用的状元糕等。时令类，春季有松仁糕、橘仁糕、枣仁糕、茯苓糕等，夏季有薄荷糖、松子酥、玉和酥等，秋季有月饼、桂花饼、洋钿饼、薄脆饼、绿豆糕、椒桃片等，冬季有藕丝糖、豆酥糖、麻酥糖、牛皮糖、冻米糖、祭灶果等。

宁波人对苔条（苔菜）有特殊的嗜好，以苔菜为辅料的糕点，色香味更为独特，有苔生片、苔条巧果、苔条千层酥、苔条月饼、苔条油赞子（咸麻花）等二十余种，可与苏式、广式、潮式等名特糕点相媲美。尤其是传统的宁式苔条月饼，风味广受沪上宁波人的欢迎，中秋节前夕十分畅销。由于信誉度高、价格适中，有远道专程前往购买，也有走过路过捎带，经常出现顾客如云“瞀进瞀出”的景象。

三阳还有一个特色，为过生日和红白喜事、婚丧嫁娶，做果品糕点和盆景。桂圆、红枣、莲心和糕点垒成漂亮的假山似花样，装上五色的霓虹灯，印证“福、禄、寿、喜”等吉祥词语，或口彩“龙凤呈祥”“富贵双全”“福星高照”“花好月圆”等。沪上政商界诸多叱咤风云的宁波籍人物，都是三阳南货店的常客，社会名流、电影明星及港澳、海外人士也络绎不绝，时常光顾。

时代发展巨变，新事物新名字层出不穷，历经一个半世纪，“三阳”和“邵万生”两家南货店的老招牌依旧“赫赫有名”，与“第一食品”“泰康”并称为“南京路四大食品店”。曾经获得上海市文明单位、上海市著名商标、上海名牌、中国改革开放中华老字号传承创新优秀企业、消费者喜欢的中国老字号品牌、黄浦区非物质文化遗产等诸多荣誉。

“百年招牌”历经沧桑，南货店老字号作为动态的商业符号，跨越百余年岁月后，在新时代将愈发焕发出其商业文明的生命力。

20 世纪初叶的邵万生南货店

用特色南货作为馅料制作的糕点（上海市档案馆藏）

1982 年夏的三阳盛南货商店（《新民晚报》图，摄影：周铭鲁）

笃篤笃
买糖粥

弄堂里叫卖的零食按『时间』可以分成两个大类：一是随着一天里叫卖的时间而不同，那是因为买主们需要进食的时间有不同；一是随一年里供应的季节而不同，那是因为所卖的食品，其原料生产的时令有不同。

儿时弄堂里的零食

金泰康

我出生在如今上海滩闻名遐迩的吴江路步行街，在那里生活了66年，直至1993年马路改建步行街时才迁出。由于早年身体不好，读书时停学了四五年，一直在家养病，在那段时期，吃了许多零食，所以对这些叫卖的小贩和担子，都非常熟悉。

嫩滑的豆腐花，鲜美的线粉汤，还有那一碗白玉般的白糖粥，加上一勺浓稠的桂花赤豆汤，黑白相映，那个热气、香味、色泽，看着、闻着，还没有吃就食欲顿开……记忆中，就连最简单的阳春面，只有一点葱花的，也特别好吃。如今，弄堂里的零食已经和儿时的弄堂一样一去不复返，但那份童年的记忆却仍留在几代人的心中。

花样零食

吴江路这条马路，原先是黄浦江、苏州河的一条支流，叫作“石家浜”，在1882年时填河筑路，机动车辆不便通行，马路就像一条大弄堂一样，各种各样的小贩可以频繁出入。筑路后的路名也是叫“斜桥弄”而不是“斜桥路”；这段河面到1946年完全填没时，才改名为“吴江路”。我的童年和青少年时期，就生活在这条大弄堂里。

在我的记忆中，这些叫卖零食的花色和品种，是有几十个担子、一百多个品种，各有特色：诸如担子的形状，销售的方法，出没的时间，以及食品的特色等；这也让我重新体味到童年、少年时代的生活情趣；并且可以从中看到当时社会上的风土人情，和人们的生活习惯。

弄堂里叫卖的零食按“时间”可以分成两个大类：一是随着一天里叫卖的时间而不同，那是因为买主们需要进食的时间有不同；一是随一年里供应的季节而不同，那是因为所卖的食品，其原料生产的时令有不同。

在一天的时间里，大致又可以分为早上、日间、傍晚、夜间四个时段；早上，照理是人们一日三餐的第一顿，应该是花色品种丰富繁多，其实不然。因为早上是大人上班、孩子上学的时间，为了抓紧时间，家家户户都会预先做好准备，不可能等候小贩到来，所以当时大多数人家，早餐是以家里煮好的粥和泡饭为主；或者就是以大饼油条，粢饭豆浆，上海人称为早点的“四大金刚”较多，但是这两个摊头所需的炊具体积庞大，不可能带着它们走街串巷，所以都是固定地设在我们这条大弄堂的东西两头，摊头旁边放着些桌子、凳子，让大人、孩子们坐着吃了，吃完可以直接去上班、上学。

在我记忆里，只有一个卖糕团的摊子，早上还会走进弄堂里叫卖，供应方糕、茯苓糕、赤豆糕、黄松糕之类。小贩把这些糕团放在保暖的担子里，热气腾腾，能够当早餐吃得饱，买卖也方便，所以有一定的买主。还有一件事可以提一提，我小时候早上常常听到、看到一个人，牵着一匹马，手里摇着铃卖马奶的，那时吃牛奶还没有十分普遍，据说马奶性凉，有的人家就只吃马奶；我看到的那头羸弱瘦小的马，又弱又脏，我总是为那些饮用者的卫生保障担心。

声声有韵

过了早晨，零食担子就多起来了，但都是用以充饥、容易吃饱的食品，要到下午以后才开始最忙；如果说大饼油条、豆浆粢饭是早点里的“四大金刚”，那么下午的馄饨（面）、糖粥赤豆汤、油豆腐线粉、豆腐花四个担子，可以称作午后点心里的“四大天王”，这四样食品，我们家里的孩子，吃得比“四大金刚”的大饼油条还要多，四个担子的形状、叫卖声、敲击声，各有千秋。

这些食品，回想起来，不知道是现在这些食品的品质变得差了，还是我们的口味变得刁了，眼下我到任何一家饮食店，花了大价钱，都吃不到过去那么好的味道；再也没有这样嫩滑的豆腐花，这样鲜美的线粉汤，还有过去那一碗白玉般的白糖粥，加上一勺浓稠的桂花赤豆汤，黑白相映，那个热气、香味、色泽，看着、闻着，还没有吃就食欲顿开，现在谁家还能够煮得出这样味道的赤豆汤、白糖粥来啊！就是那碗最简单的阳春面，只有一点葱花的，也特别好吃。只能说，现在吃得多了，司空“吃”惯了吧。

常年不断叫卖为大家熟悉的，有苏北人叫卖的 “麻油馓子、脆麻花、香脆饼、苔条饼”，广东人叫卖的“白糖伦教糕、咸煎饼、芝麻糊”，宁波人叫卖的“黄泥螺、虾酱、咸蟹”，浦东人的“焦大麦、麦焖、鸡蛋、芦粟”，好似各地乡音大会串。

下酒的兰花豆、盐炒豆、油汆果肉、熏青豆；价廉物美的香大头菜、香椿头，体积庞大中看不中吃的“棉花糖”，小巧玲珑的“小泥人”，还有一种烂斩糖，是用白糖粉末，裹着饴糖，像盘肠似的放在匾筐里。两三分钱也可以斩一小块，它有一个与众不同的地方，就是它是我在浦东老家的农村里，唯一看到过的走村入乡的零食摊子，主要不是为了卖钱，而是把糖用来调换村民们的旧衣服等废弃物件，大概是农村里儿童们最喜爱的担子。

“零食之王”

说起零食，我首先想到的就是烤鱿鱼的摊子。担子很轻便，就是一只小小的火炉，加上个铅丝架。用来卖钱的，都是些质量最差的鱿鱼干片，剪成香烟牌子那样大小，大点的8分钱、1毛，小的3分钱、5分钱都有，还有小小的鱿鱼头，放在炉子上一烤，香味四溢，买了趁热吃。这种香味、美味，是现在超市里用塑料袋装的鱿鱼丝干，怎么也无法比拟的。前些年，我在一所学校门口，还看到过这种担子，一群学生都在买着吃，我是牙齿已经啃不动了，否则倒真想买了尝尝。

烤热煮熟了吃的还有烘山芋、糖芋艿、油墩子、酒酿饼、海棠糕。烘山芋是所有这些零食中，唯一直到现在看到马路上还在售卖的食品，好像也是唯一不曾见过在任何店家卖过的食品，不管男女老少，不论尊贵卑贱，人人都会随手买来，剥了皮就吃，可算是“零食之王”。前些年我在路上买了只烘山芋，就近坐在一个公交车站的凳子上吃起来，那天我身边倒是带了架摄像机，我真希望碰到个熟人，帮我把这副猴相拍摄下来。

蜜饯大概是我们孩子吃得最多的零食，因为品种多，一年四季都有得卖。那个担子形状也很特别，像小型鸽子棚那样一格一格的。常年有十多个品种，杏脯、桃脯、话梅、话李、冰糖杨梅、陈皮梅，蜜枣、糖莲心，印象最深的是浆芒果。我们小时候吃水果，没有吃过芒果，还不知道新鲜芒果是何物，但是价廉物美的浆芒果和陈皮芒果倒吃了不少，那吃剩下来的半爿芒果核，总是被舔得一干二净，就像秃子的光头，寸草不留。

儿时吃蜜饯还吃出一桩让我终生难忘，也影响到我一生做人准则的事件。

在我八九岁时，我与同年的堂兄弟一起在环球小学里同一个班级读书，每天同乘一辆包车上学。校门口有个蜜饯小贩，一开始大概他看到我们坐着私家包车来上学，所以很放心地让我们赊账，后来欠得多了，眼看我们还不出，他就讨债上门。我母亲知道了，大发雷霆，把我痛打一顿，打得我躲到大床的角落里，从此，我就更加胆小、更加循规蹈矩。

相比之下，我堂弟早年丧母，叔父对他特别宠爱，给他付了钱，一点也没有责备他，所以我们兄弟俩的性格，会向着不同方向发展。我在一生中，再也没有向人借过钞票欠过债，但是到老庸庸碌碌。堂弟早年就到国外发展，在事业上翻云覆雨，跌倒爬起，几上几落，终于候着机会，成了亿万富翁，应了一句俗话叫“三岁定八岁，八岁定终生”。

到了傍晚，有两个担子尤为瞩目，一个是荤的出售猪内脏的熟食担，一个是素的酱菜担。好像在夏令季节及其前后更多见。因为这季节、这时段，正是家家户户要吃晚饭，需要佐粥菜，男人们下了班，要呷上几口老酒，需要下酒菜的时候。荤的熟食担有猪肝、大肠、猪肚、猪舌。我特别喜欢的是“熏肠肚子”，至今也不知道这个食品是用猪猡身上什么东西做成的，味道特别鲜美，还会洒上一些卤汁。后来曾在熟食店“陆稿荐”里买到过，再后来就不见踪影了，现在熟食店里的各种各样的卤菜，都及不上它的鲜美。

卖酱菜的是个最亲切、最熟悉的小贩。他挑着的那两只直径六七十公分的大箩筐，就不同凡响，在以往的岁月里，不知有多少年，一直出现在我们的生活里。那个担子里的东西特别多，萝卜头、甜酱瓜、螺蛳酱瓜、大头菜、乳腐，十多个品种。供我们孩子吃白相的只有一种，是百吃不厌的“弥陀芥菜”，也许是零食中，我们孩子最钟情的食品之一。几分钱一个，又酸又甜，非常爽口。到今天，由于优良的泡菜、酸菜等花色品种更多，所以这只菜已经看不到了，但是这个汉子、这副担子，以及他那嘹亮的吆喝声，酸甜的弥陀芥菜，是众多摊贩中，留给我印象最深的。

到了晚上九十点钟，卖零食的担子就少了，叫卖声在寂静的夜间弄堂里，格外清澈响亮，想得起来的有三副担子：

一是“五香茶叶蛋、火腿粽子”，这个担子主要是为开夜班、搓夜麻将的人服务的，我们孩子们晚饭吃得饱饱的，不会去光顾它。

一是卖“擂沙圆”的，是比鸽蛋大一点、里面豆沙、外面滚上一层灰色炒米粉样的糯米圆子，也不知道为啥总是在晚上才出来卖。因为它个子小，多吃也不怎么饱，所以有时我们吃过晚饭也会买来吃的。

还有一个是卖檀香橄榄的，好像也总是在晚上才出现。这个东西，我们孩子不大爱吃，是大人们买的食品。

我家底层的窗户，装有花式的铁窗，这些食品，体积都很小，可以从中传递进来，所以无论是晚间，还是在冬天，我们都可以足不出户地买到这些零食，比现在的快递还要方便。

顺时而食

说到季节的时令食品，首先想到的就是“白糖梅子”。因为我家开设的是家服装商店，我父亲和几百个员工，平时说得最多的一句话就是“白糖梅子、难过日子，糖炒栗子、好过日子”。意思是由于服装生意有淡季、旺季之分，每年白糖梅子上市，天气转热，服装生意清淡，老板天天蚀本，工人没有生活可做，只能回到乡下去吃老米饭。约莫挨过三四个月，等秋高气爽，糖炒栗子上市、服装生意好了，日子才会好过。但是弄堂里好像没有看到过卖糖炒栗子的，大概是因为炒栗子的设备实在太沉重庞大了，没法进弄堂，所以我们要吃糖炒栗子，还是到成都路新长发去买。

季节食品的品种之多，首推菱类，大小生熟有好几种。新鲜的有水红菱、南湖圆角菱，煮熟的有老菱、沙角菱等。好吃不好吃，主要是生菱要嫩，熟菱要老要粉，甜不甜倒还在其次，生菱不嫩不甜，熟菱不老不粉，吃上去就没有味道。与菱同类的有莲藕，通常藕总是由母亲买了，塞进糯米后煮成熟藕和藕粥，都是我们爱吃的食品。我们偶尔自己花钱买的是小贩手里的“莲蓬头”，那一颗颗从莲蓬头里抠出来的莲子，虽然没什么好吃，但是一颗一颗剥着吃，别有情趣，就像吃水果中的石榴一样。这种小贩不多，我们也不大买来吃。

另一项大众食品是“扦光嫩地力”（荸荠），是五六个削去了皮串起来卖的；与水红菱一样，要甜要嫩，扦光以后，只只卖相差不多，好吃不好吃，要碰额角头。也有称了分量买了自己动手剥皮吃的。荸荠还可以煮熟了吃，煮熟了的地力，老的嫩的口味倒差不多，副产品是那个地力汤，略带甜味，我们总会喝下去，说是阴凉降火的。

串着卖的，还有那个很受大家喜爱的冰糖葫芦，特别的是那个掮着插满冰糖葫芦的大棒，备受人们注目，不需吆喝，远远便能看到，不单儿童欢喜，大人也很爱吃，大概北方人，更加喜爱这个食品。还有那个以吆喝声而出名的“炒白果”，“香又香来糯又糯”，这个叫卖声十分熟悉，但是因为大家都说多吃白果要腹胀，还有可能要中毒，再说味道有点苦涩，所以我们都不大吃，偶尔买了尝尝。

甜芦粟和可以削皮榨汁的红皮、青皮甘蔗，每当这些小贩来过，弄堂里芦粟皮和甘蔗皮一天世界（沪俚语，到处都是的意思），满地狼藉。至于那些西瓜、黄金瓜等瓜类，以及桃子、杏子、枇杷、杨梅等，我们都算入水果项内，由家里的大人买的，不要我们孩子花钱。所以虽然一到夏天，弄堂里常常看到切了片块的西瓜放在搁板上，外面罩着一个玻璃框子，卖瓜人赤着膊，手里拿着把西瓜刀，杀气腾腾地大声吆喝着卖瓜，看上去也有点吓势势，我们是从来不去买来吃的。

暑天的冷饮，弄堂里叫卖的只有 4 分钱一根的棒冰，有赤豆的、橘子的、薄荷的、酸梅的，孩子们都爱吃赤豆的，后来才有了 8 分钱的雪糕。如果要吃价钱贵些的各种汽水和冰激凌，就得由大人请客，上店家去买；有段时间买棒冰还有“中奖”的，吃完棒冰留下的那根棒头，顶上如果是绿色的，可以换棒冰一根，如果是红色的，奖励得还要多，不过总是绿多红少。

有一种深受孩子们欢迎的食品是冰冻地力糕，那是放在像筷子长、手指般粗的锡管子里的凉粉。买时倒在碗里用冰过的糖水拌了吃，很诱人的，但是小小一碗，不过瘾，于是我们孩子常常自己动手做。因为自己做的原料是南货店里的“琼脂”，价钱很高，做不好损失就大了，所以做的时候小心翼翼，水加得太多太少，做得厚了薄了都不好吃；还有一种类似地力糕的食品叫“麻糊”，不知道是用什么廉价材料做成的，糊的口味不好，尝过味道后就不曾再买来吃过。

20 世纪初的上海街头甘蔗摊（上海市档案馆藏）

石库门
生煎大王
四时鲜果
堂吃
油豆腐
线粉汤
油墩子

对于普通上海家庭来说，自制水磨糯米粉，以前几乎是每家过年前必做的一件事，简单的机械劳作，家长会鼓励孩子们一起参与，既是分享过年喜悦，也是家庭传统习俗的延续。

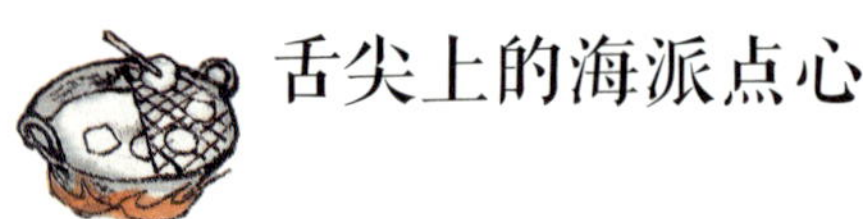

舌尖上的海派点心

张云骅 王良镭

上海人过年的餐桌上除了鱼肉鸡鸭外，点心也是必不可少的。汤圆、糕团、八宝饭都是上海人最喜欢的糕点。汤圆是一般上海家庭里过年时都要吃的东西，外形圆润、口味香糯，寓意着家庭团团圆圆、甜甜蜜蜜；而蒸糕因为有糕（高）的发声便讨上了步步登高的口彩，飘散着猪油香味的八宝饭更是让人回想起了当年自己动手拌饭的情景。

团团圆圆，和和美美，不同风味的点心融汇在这个城市的饮食和文化传统中，那些承载着美好回忆和喷香老味道的上海点心，总能在不经意间提醒我们家的方向。

包汤圆

江南地区盛产水稻，形成了上海人吃口偏糯的饮食习惯。汤圆、糕团和八宝饭等，都是上海人最喜欢的糕点品种。软糯而甜美的圆子，是大家过年最喜爱也必吃的点心之一。

圆子，本地人又称团子，其面团用干糯米粉，加少量食用油和浓稠的大米粥和制而成，这样的面团糯而有韧劲。过去没有现成的糯米粉，通常都是先把糯米浸泡一天，沥干后放入石臼中反复舂碎，晒干成粉。以前在上海郊区，一个村往往只有一两户人家有石臼，春节时全村人都要用，这时就一家家排队。或许轮到你家已是半夜，家中年轻的姑娘小伙们还是要去上几个，抓紧时间舂一会儿，再全部挖出来撒一撒，觉得粗的再倒进去继续舂。舂好的粉，出太阳时晒在外面，到了春节就可以拿进去做圆子了。

现在圆子馅料十分丰富，有甜口的枣泥、豆沙，也有咸口的菜肉、萝卜丝等。但在食品紧缺年代，里面的馅头却少得可怜。想吃甜的，就把芋头煮成丝，山芋弄成丝，弄好后当豆沙包起来；想吃咸的，因为肉紧张，就用萝卜丝加猪油渣包。实在没什么可包的，就弄个糖圆，实心的、没馅料，就这样搓搓圆，放在锅里下好后，捞起来加些糖，大人小孩照样吃得开开心心。

圆子要好吃，不仅要做得好，也要煮得好。有个专用工具叫圆铲，专门拿来煮圆子。因为铲子形状是圆的，圆子也是圆的，碰到了也不要紧，不会破坏形状。每逢过年，做得太多吃不掉，以前也没冰箱，巧妇们会把圆子放在面粉上滚一滚，再拿个篮子挂到外面吹着，就没问题了。春节永远是孩子们最高兴，平时吃不到的圆子，此时父母会让你敞开吃，直到撑住吃不下饭为止。

不同于本地人所做的干圆子，上海市区点心店里还会出售宁波汤圆（也叫汤团）。宁波汤圆用水磨糯米粉制成粉团，加猪板油、黑芝麻和绵白糖拌成馅，搓成球状，放入锅中加水煮熟，马上就成了一碗皮薄香甜糯滑的宁波汤圆，也是上海人家最喜欢的点心之一。

对于普通上海家庭来说，自制水磨糯米粉，以前几乎是每家过年前必做的一件事，简单的机械劳作，家长会鼓励孩子们一起参与，既是分享过年喜悦，也是家庭传统习俗的延续。

如果说磨水磨粉用的是体力，那包汤圆就是考验女孩子掌握生活技艺的能力。一块湿度适中的糯米粉团，经过拿捏，揉成杯状，装入馅料，搓成球形，最关键的就是不能露馅。

圆子以前基本上不买现成的，都是流行自己做，水磨粉好了后就包，包的时候把黑洋酥包进去。猪油当时也是比较紧张的物资，要和小菜场里认识的卖肉人预订，最好是那种厚的板油，又是卷好一筒一筒的，像卷好的蛋糕一样。

黑芝麻洗干净炒好后，用传统的方法放在石臼里舂出来。

舂好以后，用糖、板油捏起来，更香更入味。

馋嘴的孩子们往往等不及，大人们在除夕夜包好圆子后，待零点钟声一敲，快点煮几个吃，此时已经是大年初一了。

吃糕团

八宝饭在老上海人心目中象征着团团圆圆、甜甜蜜蜜，是一道既可当菜又可当饭的点心。所谓八宝，就是八种食材放在一起，过春节时大家团团圆圆坐在一起吃。上海人的团圆饭，离不开八宝饭。直到现在，许多上海人家还保留着这样的传统，过年的团圆饭上要有八宝饭，自己做也好，外面买也好，总是要准备的。

说起八宝饭的做法，上海人往往如数家珍："糯米，赤豆买来，烧酥了以后炒，做豆沙；再去买以前那种什锦蜜饯，5 分、1 角一包的；还有一种是冬瓜条，这些都可以放在八宝饭上面。如果考究一点，还有蜜枣、枣子等。""这个八宝饭的糯米是自己轧了，比较香。"当新鲜出炉、热气腾腾的八宝饭端上桌时，有经验的食客甚至无须品尝，仅凭鼻子闻味，也能判断出美味。

除了八宝饭，各式各样的手工糕团也是老上海人记忆中不能忘怀的美味。被中国人赋予感情寄托最多的，恐非年糕莫属。过年吃年糕，寄寓生活年年高，人们对美好生活的向往就与这种食物紧密联系在一起了。对上海人来说，更有煮年糕、炒年糕、烤年糕和爆年糕等各色吃法，在供应不足的年代，年糕也是过年必不可少的食物。上海市民朱伟丽回忆起当年吃年糕的事情：

“我们家里几个小孩都喜欢吃年糕。年糕买回来，随后三个小孩，你多吃我少吃也不行，年糕都要掰开来，随后一个人五条。我记得我把年糕藏起来，藏在抽屉里，到时候打开抽屉，年糕都发霉了……年糕吃法也很多，用网片夹在当中，放在煤气灶上烘，正面烘反面烘，等年糕软了，蘸蘸绵白糖吃，也是很好的。有同学一直到我家来，我就用塌棵菜香肠煮年糕，她一来，这个就像我的拳头产品，我没什么招待她，就是塌棵菜香肠煮年糕。”

自制蒸糕也是上海人家庆贺新年的一种传统。糯米和粳米经过浸泡、磨粉、搅拌、筛选等过程，制作中加入糖、枣子和蜜饯，口感香甜软糯。上锅蒸好后，糕就定型了。家住江桥镇的吴惠芳阿姨，现在还坚持着传统的制糕方法，筛选好米粉，放入圆形铁皮糕枕中，挤压刮平，一个糯米糕就可以上锅了。

“我们那里除夕夜每家人家一定要吃到糕的，因为糕是好口彩，是节节高，一定要的。”吴阿姨说起蒸糕头头是道，“以前上海人家在春节前就开始做蒸糕，体积有大有小，但储藏方式都一样，把蒸糕切成片，放在竹匾上晒干，从腊月一直吃到来年。一片片切好后，放在烧饭锅上，以前是大灶头饭，切片切好，烧饭时，放在大锅上，蒸着吃。”

炸春卷

“一卷不成春，万卷春如醉”，做春卷也是许多上海百姓的春节传统。春卷口感香脆，馅心鲜美，尤其是金黄色的外形，符合人们对食物的吉庆寓意。

老上海人张祖望和骈薇薇，数十年前，两人去西非国家加纳工作。在国外的那些日子，慰藉他们浓浓乡愁的有对家乡美食的渴望与思念。骈薇薇在加纳所做的春卷，成为中国大使馆举办节庆自助餐活动的指定点心。

“春卷是我们中国最有代表性的食物、中国著名的点心，所以外国人、中国人都喜欢吃，没有一个国家的人不爱吃的，他们叫spring roll。只要炸出来，统统都吃光。”骈薇薇自豪地对人说。

做春卷要从做春卷皮开始，做春卷皮的过程很艺术。一盆面筋糊，一只铁炉，炉上放置一个平铁锅，一手捏面筋团，在手上甩来甩去，快速一挥，铁锅上出现一张近乎透明的薄片，这就是春卷皮。由于做工复杂，费时费力，一般的上海家庭还是多选择去菜场买现成的。有经验的家庭主妇都知道，每到年节，春卷皮子摊位就出来了。而且排队很长，总归要排一个多钟头，冷又很冷，皮子价格也水涨船高，但终究抵挡不住那金黄香脆的美味，大家都坚持排着。

春卷馅料，可素可荤，可咸可甜，以上海人口味，一般是黄芽菜肉丝和豆沙居多。做法则极简单，将春卷皮摊平，放上馅，卷成条状，下油锅煎炸至金黄色就可以了。油温在七八成这样子，春卷放下去，大火炸，小火收，只要掌握好火候，油就不会渗透进去，影响馅料的口感。

馅的香，皮的脆，十分有味。以前家庭食用油凭票供应，精打细算的上海人家，会把平时节省下来的油票，都留到过年使用。油炸的春卷，就成了只有年节才能吃得到的点心。现在虽然已没有这方面的限制，但无论你身处世界哪个角落，只要有机会吃上一口金黄香脆的春卷，就能马上想起这种中国的味道。

与世界闻名的中国春卷相比，油墩子更像是一道经典的上海街头小吃。每到黄昏时分，昏暗街灯下，四溢飘散的香味总会如魔法般，把你引向弄堂拐角那个油墩子摊边，然后和刚放学的小朋友、回家路上的上班族一起，乖乖掏出钱来买上一个，犒劳一下辛劳一日的自己。

赵阿根和步云芳夫妇就是这样一个油墩子小摊的摊主，他们说起了制作油墩子的诀窍："传统油墩子做法，是先把少许调稀的面糊倒入椭圆形铁勺中，然后加入葱和萝卜丝，再浇上面糊放到油锅里炸，看上去外表金黄，吃起来香脆有味。

"先弄萝卜。萝卜买回来先刨掉皮，再刨成萝卜丝，放点盐，把水捏掉，里面放盐、放味精，拌好，其他什么东西都不要放。

“煎的时候火要温火，一开始油烧到八成熟、八成旺的时候，必须把火压小一点。你要是一直火头很旺，这个油墩子外面就焦了，里面还是生的，所以一定要小火，氽到一定时间，火头关掉，让它这么小火氽着，油墩子是做不快的。”

虽是街头点心，但油墩子也可以做得十分考究，有时会在最上层放只小虾。炸熟出锅后，外形油光闪亮，味道香脆可口。搁在油锅里的铁丝网上，冒着热气，透着扑鼻的香气。在那个年代，冬天里孩子们放学后若有零花钱买上一个，用黄色的油纸小心包着，捧在手里，因为很烫，还要不时换手去拿，然后在小伙伴们羡慕眼光的注视下，边走边吃，真是无比快活和享受的事情。

缤纷点心

留存于舌尖上的味道，总有一些让人挥之不去。老上海的精美点心，又何止上文所述这几种。

南瓜饼。每当一个新生命即将诞生时，它便是为孩子出生那一刻所特别准备的报喜点心。以南瓜和面粉做成的小圆饼，色泽金黄，看上去就特别喜庆。亲戚朋友们前来探望产妇和新生儿时，家中长辈们会捧出这种小点心作为回礼，将喜悦的心情与众人分享。

两面黄。顾名思义，面条两面都要炸成金黄，因售价贵于其他同类点心，曾被称为面条中的皇帝。在上海小吃里，这可是高档货，有软硬之分。一种是用油两面煎出来，当中很软；一种则是炸，里面是脆的。两面黄上还有浇头，虾仁、青豆烧的浇头，朝上面一盖，虾仁要上浆，浇头要有卤汁。做两面黄的，不是一般的店，都是比较高档一些的点心店，像王家沙这种；吃两面黄的，也不是随随便便的人，所以两面黄是比较讲究比较高档的一种点心。

麻油馓子。这种香脆可口的细条状食物佐以红糖，是本地产妇坐月子时常吃的点心。与众不同的口感、便宜的价格，使它现在依然受到许多人青睐。麻油馓子做法独特，用一个缸，把面粉弄得很细很细，盘在里面，用油蘸手，伸进去一圈一圈牵好，牵好后，筷子拎着，放在油里面氽大概两三秒钟后，再把它合起来，合起来棒子抽掉就好了。吃法也很独特，小孩子喜欢直接掰着吃，但产妇要用红糖水加胡椒粉泡，开水一冲，闷一两分钟，软掉了再吃，据说可以帮助消化。

枕头粽子。有句古话说得好，“亭林馒头祖传好，叶榭软糕张泽饺，庄行粽子呱呱叫”。本地人自己包的枕头粽子，会放很多肉，精肉肥肉混在一起。糯米先淘好沥干，再把酱油倒下去，让它吸收了。粽叶包上后，架起一口很大的锅烧，有时候要烧一个晚上，烧到里面的肉很酥了，咬上去都是油，就像小时候的猪油加盐拌饭。端午节吃上一个，香飘四溢，令人回味无穷。

1959 年，上海举办的一次职工技术操作比赛中，点心师正在演示包汤团
（上海市档案馆藏）

1984 年 11 月 3 日，玉佛寺素斋工场点心师傅正在生产净素点心（《新民晚报》图，摄影：周铭鲁）

1979 年春节前夕，一次职工技能大赛上，哈尔滨食品厂选手现场表演裱蛋糕技艺（黄浦区档案馆藏，摄影：薛宝其）

上海早餐四大金刚

不知何时起，不知出自何人，上海的早餐界也有了自己的「四大金刚」——大饼、油条、豆浆和粢饭。

“四大金刚”的美味往事

袁念琪

在不少上海人的记忆中，早上往往有一桩要紧事体要做，那就是拿着钢盅镬子、保暖壶、筷子，去早点摊买来热气腾腾的油条、大饼、豆浆。有些想给早饭换换花样的，则在小贩那里定制一个专属口味的粢饭团，用莹亮软糯的米粒包裹上油条、萝卜干，蘸一些白糖，再加上香喷喷的肉松，吃起来还要“捏一捏”再塞进嘴巴里，把腮帮子撑得幸福感满满。

大饼、油条、粢饭、豆浆这“四大金刚”，几乎曾占据了沪上早点市场的半壁江山……关于它们的那些点滴故事，已超出美食本身，成为上海人烟火深处不曾淡去的共同回忆。

人气大饼店

“四大金刚”本是佛教中的重要概念，指代四位护法天神。因为“四大金刚”的形象比较深入人心，坊间常用“四大金刚”来比喻各行各业的佼佼者。不知何时起，也不知出自何人，上海的早餐界也有了自己的“四大金刚”——大饼、油条、豆浆和粢饭。

1936 年 11 月 13 日《社会日报》一篇文章写道：“每天早上 6 点到 8 点是大饼店最忙的时候。急匆匆准备去上班的人们常常排着长队，等候轮到自己购买早餐。主妇们赶来为家里人买大饼、油条和豆浆这三样最大众化的早餐食品。”

那时大饼、油条和豆浆还未加“金刚”之身。直到我 1983 年考入上海电视台，在新闻部采访科财贸组跑商业时，也没听此一说。这四件早点，邻居杭州、苏州也没给它们戴上“金刚”帽。这应当是改革开放后上海人的发明，可见沪上吃客们对它们的欢喜。

当年经营“四大金刚”的早餐店多为大饼店。据《上海饮食服务志》记载，上海最早的大饼店是 1912 年开设于南码头街 108 号的“兴隆记”大饼油条店，到 20 世纪 30 年代，沪上逐渐形成以“油饼馒”（即油条、大饼、馒头）为主的早餐业。

改革开放时期，沪上大饼店多开设于十字路口拐角，周边或隔壁店铺多有一爿“老虎灶”。大饼店内品种多，除“四大金刚”，还有馒头、油炸饼、面条和馄饨。小的一般门面一开间，只卖大饼油条，客人打包将早餐带走回家吃或边走边吃，有些店面大的可堂吃。

店内炸油条锅与烘大饼炉并立，旁留一人进出空间，屋里一长桌是大饼油条工作台。炸油条的师傅坐高脚凳，两根长筷潇洒地翻着锅里的油条。做大饼的师傅则显得更为忙碌，一会把生的面饼一个个贴在炉膛内壁，一会用长火钳把熟大饼一一夹出，在等大饼变熟的空当，再见缝插针去揉面粉、擀面饼，甜刷糖浆咸撒葱花。

大饼店天不亮就开门，是上海最早开门的店，也是早晨最有人气的店。如上海史专家卢汉超所说：“对于上海人而言，与日常生活最息息相关的是在步行可至的街区内，那些微小却又充满生机的商业和活动，而不是外滩和南京路为代表的那种令人目眩的生活。”

早餐仪式感

在相当长的一段日子里，对大部分人来说，能够在一顿早餐中同时享用“四大金刚”，曾是一种奢望。1976 年，笔者工作第一年月薪 18 元。若早饭吃咸大饼（3 分 / 只）加油条（4 分 / 根），再来碗淡浆（3 分 / 碗），请出“三位金刚”就需耗资 1 角。一个月里若是天天如此，按 30 天计早餐费用需 3 元，光早饭钱就得花去收入的六分之一。对于精打细算的上海人而言，这种花费显得颇不划算。

一般一人吃，日常多是“两金刚”的配置：大饼加上油条。偶尔也会招待自己添一份豆浆。但在早餐中同时请出“四位金刚”，则少之又少。

“四大金刚”中，大饼分咸、甜两种，咸的 3 分一只，甜的 4 分。有单吃大饼，也有把大饼油条配对，这不是乱点鸳鸯谱。一是价钿实惠，二是口味配对，三是吃起来方便。一根油条一折为二放大饼中央，再把大饼对叠，油条为馅，“呵呜”一口，大饼油条同在口里翻滚，香脆有嚼头，另有一番滋味。大饼一般要用咸大饼，不是比甜的便宜一分缘故，因甜大饼一折往往糖浆会溢出，吃起来不方便。

油条每根 4 分，在物资紧俏时期，购买还要另付半两粮票。用今天的眼光来看，油条是高热量油炸食品，但在当时而言，有油条蘸酱油吃，就是多了个下泡饭的小菜，就是改善的浇头。油是宝贵的，那时每人每月配给半斤，要到 1993 年才敞开供应。不少人买油条带根筷子，把油条穿在筷上带回家，与家人一起分享。

豆浆，上海人往往称其为“豆腐浆”，分淡、咸、甜三种，淡浆 3 分一碗，咸浆和甜浆分别 4 分和 5 分。咸浆内容颇丰富，放切碎的油条、虾皮和紫菜，淋酱油。上海早年最有名的豆浆店叫録源斋，由黄岩人戴钱海创办于 1882 年（清光绪八年），位于今天潼路 606 号。该店豆浆选材用料讲究，选东北黄豆，口醇质佳，咸浆里往往放榨菜、虾皮、油条、辣油等。

"粢饭"包含粢饭糕与粢饭团。难免有人将两者混为一谈，但金灿灿的粢饭糕与白乎乎的粢饭团毕竟是两个不同早点。粢饭糕是油炸的，长方体，每块厚约三四厘米，售价 5 分钱，咬一口外脆里软，还有一股葱花香味，特别是四个角炸得焦香，咬起来很过瘾。粢饭团则是在蒸熟的饭团里包进一根油条，有的还会再加上一小匙白糖，如果店家用的是二次回锅的脆油条，则口感会更加香脆。粢饭团要边捏边吃，才不会散掉。很长一段时间里，饭团一两 3 分，油条一根 4 分，二两粢饭加油条，售价 1 角。

谋民生福祉

解放后至改革开放初期，尤其在计划经济向市场经济转型期，以"四大金刚"为主的早餐行业，也被视为是一项关系百姓生活福祉的民生大计。在那些物质尚不丰富的年代，如何满足市民们对早餐供应的基本需求？市政府各有关方面仍从价格、质量、网点布局等方面作出了持续的努力。

首先是价格关。1955 年 8 月 10 日，上海市政府对大饼、油条、粢饭等 14 种纯粮制品实行统一规格和价格。1956 年，上海公共饮食公司规定：大饼油条等 14 种纯粮制品不得随意调整规格和价格，调整须经市公司同意并报市物价局批准。

原市财办主任张广生说：“‘四大金刚’的价格调整，需要经过市委常委会讨论通过，才能出台。”因提高1分就会推动早点价格上升33%，是个十分敏感的社会问题。

到了1987年，做一只0.03元的咸大饼，不计芝麻、菜油、盐等辅料，用标准粉每只成本0.026元，用富强粉0.08元；售价连本都捞不回。价格调整势不可免。

1991年12月1日，大众点心价格改革迈大步，25类纯粮制品大众点心凭粮票平价供应，其他点心和饭店米饭不收粮票改议价。市财办在当天给市委报告中写道：“部分点心价格放开，供应正常、反应平静。”

其次是质量关。早点价格“双轨制”后，路边摊贩日渐增多，也带来一些食品质量问题。为了让市民的早点买得安心，吃得放心，有关部门加强了执法，取缔不合要求的马路摊贩，通过宣传提高群众自我保护意识，此外，还大力发展正规早点网点。1996年，上海新亚（集团）联营公司制订《新增大众化早点供应网点验收标准》，其中要求“四大金刚”须符合质量标准，如豆浆浓度要在5度以上，这是著名老字号録源斋的标准。

最后是网点关。1976年，为解决网点少造成的“吃早点难”，通过实行“三定一保”（定网点、品种、产量，保供应）政策，增加市民喜爱和价格合理的传统特色品种，照顾减免营业税并返还集体企业所得税，提供平价计划粮、油、煤等一系列措施，让网点数量由滑坡变为稳中有升。

1987年，新一轮“吃早点难”问题凸显。其主要原因是，原、辅料成本和企业负担逐年上升，计划内供应的原材料严重不足，市中心网点出现萎缩等。经努力，到1989年，全市早点饮食店比1987年增266家。市财办还把部分财政补贴和4500万元低息无息贷款主要用于网点改善。

1996年3月，“新增100家大众化早点供应网点”首次列入为民办实事工程。市领导提出：“要借鉴国外快餐业先进经验，结合上海的实际，用市场经济的办法走出一条面向大众、便民、利民的规模化经营新路子。”8月16日，首批675家大众化早点网点授牌、400辆流动车发车。到年底超额完成，增网点123家。当年在沪举行的全国14城市“早点市场经营现场交流会”上，上海经验得到了充分肯定。

“早餐革命”

1995年，来自台湾地区的永和大王在上海开业，一根油条卖2块，比其他人家贵五倍。但就怕货比货，他家油条壮而亮，一身金黄色，用的油炸了200根油条就会换。此外，干净明亮的用餐环境，新鲜的国际化快餐店模式，让顾客感受到了此前吃“四大金刚”从未有过的体验。

三年后，上海本地成立新亚快餐与之逐鹿，当年就开了32家连锁店。抗衡是学习，竞争求发展。想在上海早餐市场分杯羹的还有洋快餐。1989 年来到上海的肯德基把洋快餐与我国国情相结合，推出了中式早餐，从粥、大饼、豆浆发展到素菜包，还有小笼、油条、葱油拌面等“上海名点”。

21 世纪跨入第十个年头后，作为国家商务部“早餐示范工程试点城市”的上海，在早餐工程连续 7 年列入实事工程、累计投入财政资金 1 亿元后，“吃早餐难”就此成为历史。

从过去的吃得到、吃得饱，到如今的吃得好、吃得科学有营养，上海人对于早餐的饮食理念，也悄然发生着变化。

几年前，上海电视台炫动卡通频道发起“晒爱心早餐”活动，从观众来稿中评出获奖作品：土豆牛肉三明治、红豆松饼、鸡蛋糕点、自制鸡蛋牛奶巧克力饼干等，其中已不见“四大金刚”的身影。随着时代变迁，当年的小囡已成家立业，晋级为新生代的父母，他们也带来了新一轮的“早餐革命”。

随着社会和经济的发展，市民生活水平日益提升，也不断推动着上海早餐市场的持续优化。如今，上海市民早餐里的满满幸福感与当年不可同日而语。不仅吃的内容更加丰富多样，而且就餐方式也更为便捷灵活。除了通过各网购平台进行外卖订餐，市民还可通过流动餐车、便利店、社区食堂、菜市场服务社、早餐驿站等方式，体验到更便捷、更丰富、更健康的早餐服务，令广大市民暖胃又暖心。

1. 1996 年，一处正在售卖早点“四大金刚”的餐饮店
   （《新民晚报》图，摄影：周铭鲁）
2. 20 世纪 30 年代街头的大饼油条摊，旁边为泡开水的老虎灶
   （上海市档案馆藏）
3. 大饼店里正在做大饼的师傅（黄浦区档案馆藏，摄影：薛宝其）

小茶馆听书
叁拾贰

如果说上海的万国建筑是一颗颗耀眼的明珠，那么茶馆则是老上海人市井生活的缩影。上海曾是茶馆的聚集地，大街小巷，到处都能闻到一丝悠悠的茶香。

寻味沪上“茶香”

罗伟建　李婷

上海人不仅爱喝咖啡，对喝茶也执念很深。19 世纪末 20 世纪初，上海的茶馆数量已达 160 余家，至解放前夕，这一数字又增至800家。在茶馆里，人们品茗清谈、信息互通、曲艺演绎、生意洽商、聚会结社。对许多人来说，“孵茶馆”不再是简简单单地喝茶品茗，而是以茶会友、以茶为媒、以茶联谊、以茶论道。

作为一座“茶香”浓郁的城市，茶馆及茶文化的普及，为城市拂去喧嚣，平添一份静谧。难怪有人说，一杯茶，蕴含着无穷魅力，让上海人喝出了万千世相。

茶馆变迁

据史料记载，上海滩的茶馆热始于清代，1909 年，上海共有茶楼 64 家，到了 1919 年，已经增加到 164 家，1949 年，仅南市老城厢就有各式茶馆 169 家，全市的数量保守估计在 800 家。

如果说上海的万国建筑是一颗颗耀眼的明珠，那么茶馆则是老上海人市井生活的缩影。上海曾是茶馆的聚集地，大街小巷，到处都能闻到一丝悠悠的茶香。老一辈的人都爱上茶馆，这也许是他们往日追崇的时尚。

当天边的第一道曙光还没有显露，小茶馆已经像一位最爱早起的老人，渐渐张开了惺忪的睡眼，迎来了一天生活的序曲。市民陈再文回忆，祖父清早四五点钟起来，洗漱之后，别的事情不做，就上茶馆，吃茶，东说阳山西说海，从国家大事讲到油盐酱醋，无话不谈。

市民王荣兴说，以前信息闭塞，在吃茶的时候，大家互相交流从各个渠道听到的消息，获得新的谈资，也是丰富自己的生活。

到茶馆喝茶，上海人称作孵茶馆，一个“孵”字，极为传神。基本上都是老伯伯，天不亮就去的，有的还带了大饼油条，到了吃中饭的时候，基本上散掉了，下午三四点钟的时候，这些老人又聚在一起。如果是养鸟的人，他们坐的位子都是靠窗的，把鸟和鸟笼也一起带来。

那时候，价格亲民的茶馆遍布街市里弄，去喝茶的大多是平民。而高档的茶楼，大多开在繁华市面或风景幽静的地方，装饰也比较讲究，是名流显贵、文人学士、富商巨贾聚会的地方。老上海茶楼不仅仅是喝茶的地方，多数茶客来茶楼的目的是交流信息，洽谈生意。

旧时，上海还有一种叫作“吃讲茶”的民俗，也就是现在说的调解纠纷，通常在茶馆里进行。比如邻里之间稍微有一点纠纷，拉到茶馆店吃一点茶，这样拉拉和，事情也就解决了。

“老虎灶”

虽然茶馆里不供应餐食，但只要你有需要，茶馆里的茶房可以为你代买，稍微付一点点小费就可以，附近的点心店种类繁多、精致美味的茶食，随叫随到。

上茶馆听说书或评弹是上海民众最喜爱的娱乐活动之一，听众在茶馆里不仅能寻求到精神上的愉悦，还能从说书艺人那里获得不少知识。在吴侬软语声中，茶客笃悠悠地喝茶，如痴如醉地欣赏，一壶茶喝上半天，茶泡多了越喝越淡，人们的烦恼也随之一同吹拂而去。

茶馆一直都是摆开八仙桌，招待十六方，上门的茶客都有自己的偏爱，自然茶馆里就会备有不同种类的茶。既有云南的红茶，也有浙江的龙井茶、苏州太湖的碧螺春、湖州的白茶，还有广东的茶饼茶砖……

除了不同价位的茶馆茶楼，上海人还有一个颇特别的喝茶去处——“老虎灶”。“老虎灶”原本是专门售卖熟水的店铺，规模较大的“老虎灶”往往附带卖茶，有茶客上门，马上泡上茶水。“老虎灶”式茶馆遍布市井里弄，也是平民百姓找乐子的好去处，拉上几个朋友，泡一壶廉价的热茶，边喝边说笑逗趣，海阔天空。在这里，上至国家大事，下至鸡毛蒜皮，茶客都无所不谈。天南海北，古今中外，很多信息都能从茶馆店里面得到，为晒太阳、夜里乘风凉的时候积攒谈资。

上点年纪的上海人，回忆起“老虎灶”茶馆，都会从心底涌出一缕温馨，尽管那些往事已过去久远，但说起来还是津津有味。这种茶馆店，吃茶并不是很讲究，几乎清一色都是老人，年纪轻的人比较少，他们起得比较早，四五点钟，叮叮当当都往茶馆店赶了，九点半十点钟都散掉了，回去赶着再吃午饭。

在“老虎灶”里，配茶的茶点谈不上很高档，大多是大饼油条、生煎馒头、阳春面、臭豆腐干、猪头肉、五香豆……尽管如此，茶客们也照样乐在其中。

孵茶馆

到上海游玩的人一定得去老城隍庙，这里除了豫园，九曲桥畔的湖心亭阁楼式茶馆也是一道亮丽的风景。这是繁华闹市中的一块静地，坐在二楼看九曲桥人来人往，有种偷得浮生半日闲的感觉。

湖心亭建造于明代嘉靖年间，1855 年开设了茶楼，开始叫“也是轩”，后改为“宛在轩”，算来也有一百七十多年的历史了，算得上是上海现存最古老的茶楼。这里至今还保留着清朝的布局，里面的方桌、小的茶桌、小的圆桌基本上都是红木的，风格古色古香。

孵茶馆是很多上海人的生活习惯，20 世纪前半叶，上海的大街小巷随处可见充满着市井气的茶馆茶楼。自 20 世纪 50 年代开始，茶楼业逐渐开始萎缩。

一方面与社会生活节奏的不断加快有关，另一方面也与新闻信息的传播方式改变有着关联。所谓泡茶馆，肯定是慢悠悠、气定神闲的，但大部分人需要准时准点去上班，再加上新闻信息的传播渠道也更为四通八达，人们似乎也用不着再到茶馆店去听什么新闻了。慢慢地，茶馆店就一点点淡出了人们的生活。

到了 20 世纪 70 年代，上海几家比较有名的高档茶馆如“湖心亭”，放下身段，开始卖大众茶，一角几分、二角几分一杯。而此时，公园里的茶室作为新兴产物，也逐渐热闹了起来。

公园茶室中，比较出名和成气候的有淮海公园、人民公园。在那里喝茶的人，还多有一个特点，就是大多为文艺界人士或文艺爱好者。许多人像朋友聚会一般，每天到那里碰面喝茶。不同于现在人人手上都有手机，通讯极其方便，那个年代，打个电话也要到公用电话亭排队。所以，公园茶室也成了一些人传递文艺演出信息、互相交流文化界动态的平台。

茶亦有道

改革开放后，一些老字号茶楼恢复营业，各种新茶楼、茶艺馆如雨后春笋遍布街市，传统的茶文化得以再次进入城市的慢生活。茶房手提紫铜长嘴大水壶，东奔西忙，冲水沏茶，格外热络。到了 20 世纪 90 年代末，上海的各种茶馆更是成为推广、弘扬传统茶文化的重要场所，举办茶艺茶道欣赏、茶品品鉴等特色活动。

与此同时，“老虎灶”兼营卖茶的生意也开始恢复，成为当时退休老人们的集聚地。老纪录片《老人茶馆》显示：尽管茶馆破旧不堪，但在这些老人心中，它却是一方乐土。茶馆成了老茶客们暮年生活的组成部分，如同过去一样，今天的茶馆依然是一个信息港，茶客们可以从一张张说东道西的嘴中去寻找新奇变幻的外面世界。当然，除了喝茶之外，他们还想在茶馆里得到更多的乐趣。

市民张勇喜欢收藏字画，同时还开了一家茶馆。在他看来，开饭店很累，相比较而言经营茶馆会轻松一点，也有机会结交一些艺术界的朋友。“人们到茶社来，一是吃茶、聊天，或者开笔会座谈会，我都可以提供不错的场地。有时候三五位画家朋友到我这里来，大家聊天、画画、品茶、欣赏好的书画作品，这样的氛围是其他地方很难比拟的。”

茶中有道，茶韵芬芳，一杯杯茶里，散发着底蕴丰富的悠久茶文化，这也是越来越多人热衷于此的缘由所在。随着茶文化在民间不断普及、推广、传播，喝茶的人群也逐步扩大，于是，各类型的茶馆也纷纷在上海开张，面向不同年龄段的受众人群。茶馆按照服务档次可分为高档茶馆、中档茶馆和大众茶馆。

如今新开的茶室、茶庄，大多设计颇多匠心，装潢陈设各有特色，虽然也以品茶为主，同时还增加了简餐、桌游、手作、书法等特色项目。讲究一点的茶馆从外地运来山泉水泡茶，有的现场请来茶艺师泡茶，客人们还能在茶馆里听说书、评弹、昆剧、越剧、折子戏等，茶馆也因此兼具了艺术雅集的功能。

愈来愈多的年轻人逐渐加入到茶客的行列中来，他们不仅乐意尝试各种口感的茶叶，更愿意学习每种茶叶的文化背景，于是很多茶馆定期开设茶知识培训课，吸引了年轻人前来学习。对于年轻人而言，新式茶馆也成为他们养生、打卡、社交、办公的又一个选择。

茶馆新风（黄浦区档案馆藏，摄影：薛宝其）

1 2 | 3

1. 清末上海茶楼（上海市档案馆藏，卡洛斯・莫瑞・奥兰迪斯捐赠）
2. 清末湖心亭茶楼与九曲桥（上海市档案馆藏）
3. 昔日老虎灶（上海市档案馆藏，摄影：陈扬）

大酒店
乾隆美食
黄河第一樓
八仙酒店
仁丰餐厅
金河面店
九福海鮮樓
粤味館
皇冠樓
TAXI
强生

黄河路紧挨着老牌星级宾馆——国际饭店，与繁华的南京路毗邻。绝佳的地理位置，使得这条马路与乍浦路、云南路曾被称为上海三大著名美食街。

吃在黄河路的真实历史

范竞秋　一鸣

20 世纪 90 年代初，随着改革开放的进一步深入，上海的餐饮业有了突飞猛进的发展。1993 年，在市中心人民广场的北部，一条以家常小酌为主，包括已经改良过口味的川菜、湘菜、贵州菜等菜肴的美食街受到了上海本地人的欢迎，这就是黄河路美食街。在短短 755 米的马路上，密集的餐馆和特色美味直面扑来，吸引了来自四面八方的人们。

这条令许多人念念不忘的美食街，曾经艳阳高照，也经历过疾风骤雨，它承载着创业者的艰辛和梦想，也见证了一个生机勃勃、激情澎湃的奔腾年代。

派克路往昔

1995 年，年仅 18 岁的陈宗余来到黄河路苔圣园酒家，成为端盘子的服务员。后来陈宗余当上了苔圣园餐饮管理有限公司黄河路店的经理，回想起初来乍到的日子，这位已经人到中年的四川妹子不由得感慨万千。

“美食街生意特别好，刚刚来还不太适应，觉得好辛苦，每天要工作十二三个小时。一开始犹豫是不是要放弃，不过这里有位经理，人好又特别热情，店里还包吃住，我就这样留了下来，没想到一做就是三十年。”陈宗余决定留在苔圣园的 1995 年，正是黄河路美食街生意最火爆的时候。

这条 1993 年才开发的美食街，刚刚兴起的时候，仅有数家饭店试水。到了 20 世纪 90 年代中后期逐渐声名鹊起，迎来了它的鼎盛时代，两旁的饭店迅速增加到了八九十家，成为人们品尝各种美味佳肴的一个好去处。陈宗余回忆，大家在南京路逛一逛之后，一般都会再来美食街吃一吃，那时候的新式菜肴如醉膏蟹、温蟹等只有黄河路才能吃得到。

因为生意红火，饭店对服务员的要求无形之中就变得更高了，要形象好一点、年轻一点的。如今已成为粤味馆经理的张孝霞回忆：“老板第一眼看到我呢，他就讲，啊？这个小姑娘怎么能干活的？人这么瘦小。那么我讲，试试看好了，不行再说嘛。”

当时的四川妹子陈宗余和安徽姑娘张孝霞因为年纪轻，经过试用都留了下来。而后来成为乾隆美食老板的王金招，那时候已 28 岁，在当时属于大龄青年，最终这位浙江姑娘被宝玉大酒店录用做了仓库保管员。

黄河路紧挨着老牌星级宾馆——国际饭店，与繁华的南京路毗邻。绝佳的地理位置，使得这条马路与乍浦路、云南路曾被称为上海三大著名美食街。

唐怡春老先生的家就在黄河路功德林后面，他从小跟着家里大人在这条路上进进出出。在他的记忆中，这条路是有底蕴的：黄河路初名东台路，后改称派克路，1943 年改为现名。黄河路上的卡尔登公寓（今长江公寓）是张爱玲曾住过的地方，它的旁边是卡尔登大戏院（今长江剧场）。创办于 1922 年的功德林，1932 年（也有一说是 1930 年）从北京路搬到了黄河路后，规模扩大了很多，成为一些名人聚会议事的场所。1936 年，沈钧儒、邹韬奋、李公朴等爱国人士，在上海发起成立“全国各界救国联合会”时，就在功德林以聚餐为名联络各界。七七事变后，“七君子”仍经常在功德林开展抗日活动。

美籍华人李丹尼小时候住在大统路、南星路，到市中心的人民广场非常方便，而黄河路也就成为他前往人民广场的必经之路。“过了新闸桥，穿过新闸路，就到了黄河路，再走一段就到了南京路……小时候也喜欢在人民公园玩，就在国际饭店对面。”因为李丹尼的奶奶吃素，李丹尼的父亲就经常带着小小年纪的他在功德林买了素食带回家给奶奶吃。

“功德林是百年老字号，用材好，味道也好。”1980年，李丹尼办好了美国签证，去了拉斯维加斯的一家中国餐馆打工。当他再回到上海的时候，已经是十多年后的20世纪90年代中期，脚下这条非常熟悉却又今非昔比的黄河路，让这位土生土长的上海人激动不已。

“感觉真的是一夜巨变，原来黄河路在我们小时候的印象中，是一条小马路，两边的建筑也比较陈旧，但后来变得灯火辉煌，热闹得不得了，人来人往，熙熙攘攘，发生了翻天覆地的变化。吃的东西花样繁多，而且各个地方的口味都有，想吃的都能吃到，那个时候逛黄河路觉得是件很兴奋的事情。”

夜市灯火

当年的苔圣园只有400平方米的一层楼面，以经营海派菜为主，再结合一些平价海鲜供应，不仅受到了外地游客的青睐，更是得到了很多上海本地人的喜欢。上海人唐建伟就是苔圣园的常客。

“黄河路这条街，基本上都吃遍了，这里是苔圣园，对面是悦来酒家，隔壁是乾隆美食，还有粤味馆，对面是笠笠酒家，再过去来天华，旁边是大富贵。我在苔圣园吃的次数最多，它这里的菜比较符合上海人口味。”唐建伟常点的毛蟹蒸咸肉是苔圣园首创的、有别于黄河路上其他饭店菜品的一道菜，也是他夫人何湛华隔段时间不吃就会惦念的一道菜。

何湛华说自己最爱吃这道菜里的毛豆。“咸肉切得一片一片的，不是太薄，也不是很厚，肉片铺在蟹上面，毛豆摆在蟹和咸肉中间，蒸得又酥又香又糯，融合了咸肉和蟹的味道。”

当年像苔圣园这样生意非常红火的饭店，在黄河路上有很多，有就在隔壁的乾隆美食，有相隔不多远的半岛酒楼，还有斜对面的粤味馆。

粤味馆起初开在乍浦路，生意繁忙的时候，老板和员工都是白天晚上连轴转。据老板娘聂瑛珍回忆，那时候台子不停地翻，到最后台布也用光了，就不铺台布直接请客人就餐。她还自己买菜，和服务员一起收台子、收钞票，做到夜市九点钟回去睡一个钟头再来，接着做到凌晨六七点，回去睡到九点又来上班。

因为人手少，店里大大小小的事情都要聂瑛珍亲自处理，不仅几步之遥的家里顾不上，就连四五岁的儿子也经常是好多天才能见到一次。聂瑛珍儿子王明记得，小时候曾四五天没有看到过老爸老妈，但自己又特别想念妈妈，最晚有一次等到凌晨两点钟，终于等到她回来了，才能安心睡觉。

乘着 1992 年改革开放持续推进的大潮，刚刚开发的黄河路也逐渐变成了闻名遐迩的大马路，成为个体经营者们眼中的风水宝地。到了1996年，随着黄河路餐饮业的飞速发展，粤味馆也从乍浦路搬到了黄河路，因为完全没有时间照顾孩子，当年7岁的王明就被父母送进了寄宿制的小学。

“星期一去学校，然后星期五回家，但也不是回自己家里，而是去我二姑妈家。因为我爸爸妈妈一到周末更忙，没有时间来带我。妈妈曾和我讲过，人一天只有二十四个小时，可她要上二十二个钟头的班。”王明说，“每逢周末，店里更是人挤人，热闹到什么程度？客人进来的时候，你如果给他留了一个位置，他会感激不已。”

就在粤味馆搬到黄河路前一年的1995年，仓库保管员王金招从宝玉大酒店辞了职，在苔圣园的西对面开了一家叫“沪江酒家”的小饭店（乾隆美食的前身），饭店规模虽然不大，但那个时候人们对美食的追捧，也让敢闯敢拼的王金招挣到了创业的第一桶金。

“乍浦路和黄河路，真是热闹非凡，到凌晨四五点钟依旧是生意红火。”尽管疲惫不堪的王金招脑子里也有过放弃的念头，但是只要到了店里，她就会抛开一切杂念，继续和员工们一起加班加点，努力工作。

20世纪90年代中期至21世纪之初的五六年间，这条路上的每一家饭店整日里几乎都是熙熙攘攘，人头攒动。随着物质生活水平的日益提升，人们生活方式发生了很大的变化，上海这座城市也向着建设国际化大都市的目标不断迈进。与之相呼应的是，在结束了繁忙工作后，选择到黄河路吃宵夜的上海人也一天比一天地多了起来。

冷暖百味

为了吸引更多顾客，每家饭店都在推陈出新，有的别出心裁地推出了歌舞表演，饭店的装潢和菜肴也各具特色。由于小时候经常被家人带到功德林吃饭，成年后的唐怡春也特别喜欢吃这里的素食，尤其是油焖烤麸和松子黄鱼（素食荤做，主料是菇类）这两道菜，他一吃就是几十年。等到了自己和夫人吴伟珍谈恋爱的时候，唐怡春也会不由自主地把她带到功德林来。

为了稳住客源，每家饭店除了在消费层次上明确定位之外，在招牌菜的维护上更是费尽心思，各有招数。看似简单的一道菜，背后花的功夫却只有大厨们才知道。粤味馆以上海菜为主，带有一点广帮的点心，还有一些小炒类。主厨姚思明说："像一道石锅芋艿，看看很简单，实际上里面要放的东西可多了，把三花淡奶、炼乳、椰浆、冰糖、蜂蜜、桂花打在一起，最起码要醒十个小时以上，再从冰箱里拿出来，浇上巧克力丁，然后再进行后面的烹饪步骤，做法蛮有讲究的。"

在黄河路最人声鼎沸的时期，这条路上每家饭店几乎都要提前半个多月订位，一到春节就更是一座难求。

苔圣园的菜品较有上海特色，那些想品尝上海传统菜肴的外国人也特别喜欢到这里来吃饭。来自匈牙利的辛莉薇除了自己经常光顾苔圣园之外，还把住在国际饭店里的匈牙利朋友们一起带来品尝美味。“国际饭店是匈牙利设计师邬达克设计的，如果有匈牙利友人来沪，一般都会住宿在那里，我们就一起来这里吃饭。我最喜欢吃的是生煎包，也很喜欢干锅花菜、干煸豇豆……这里做的菜的味道，有一些很像我们匈牙利菜的风味。”

黄河路最南端的功德林的特点是素食荤做，最著名的一道菜素蟹粉，经过几代厨师的努力，无论是从造型还是从口感上都达到了以假乱真的程度。据国家级非物质文化遗产“功德林素食制作技艺”代表性传承人赵友铭介绍，最早做素蟹粉，他们是用南瓜泥和土豆泥放在一起炒制。“土豆泥混合南瓜泥在油里煸炒后，南瓜形成不了颗粒。后来又试着用胡萝卜泥替代南瓜泥。胡萝卜泥在油里煎了以后，收缩成颗粒状，跟真的蟹粉，无论是在形状、颜色，还是口味上，都很接近。”

从 1932 年到 1997 年，功德林将素食荤做、素食精做的技艺在黄河路上传承了六十多年。由于美食街整体格局的调整，功德林曾一度离开黄河路，搬到了相去不远的南京西路。也就是在这个时候，亚洲金融风暴让黄河路迎来了它的第一个寒冬。2003 年，非典的袭来给餐饮业带来了又一重打击，黄河路上的商家也随之面临第二个寒冬。此后，黄河路的生意陷入颓势，在菜价利润不断削弱的情况下，许多饭店都难以为继、陆续关门。

面对诸多困难，仍有不少饭店在黄河路上坚守了下来。为了把自己辛苦打拼多年才开创出来的乾隆美食经营好，从来没有学过企业管理的王金招自己到大学里面去进修，并且挤出时间在网上自学相关的专业知识。增长了企业管理知识的她学以致用，在市场低迷而竞争又很激烈的情况下将饭店经营得有声有色。2011 年，在王金招十多年的用心经营下，乾隆美食在黄河路不光站稳了脚跟，而且还有了相当可观的规模。

2012 年，功德林在创办 90 周年的时候又重新回到了黄河路，店面装修一新，上海的老客人们在享受传统美食的同时，还能品尝到与时俱进的创新菜肴。

对面国际饭店西饼屋门前排起的长队也成了黄河路上的另一道风景，在西饼屋的楼上，就是蝴蝶酥的生产车间，平均每天 1500 斤面粉的生产量让西点师和同事们忙个不停。

数十年过去了，黄河路上的饭店起起落落，如今留下的饭店经历住了时间的考验，在继承传统和创新改良上保留或形成了自己独特的美食风格。但毕竟时代车轮滚滚向前，随着各类购物中心和更多新兴餐饮美食街的出现，黄河路曾经的辉煌也已成为那个时代特有的风光，长久地留在了上海人的记忆里。

世事变迁，容颜易改。不变的永远是人们心中那份对美好生活的热爱。

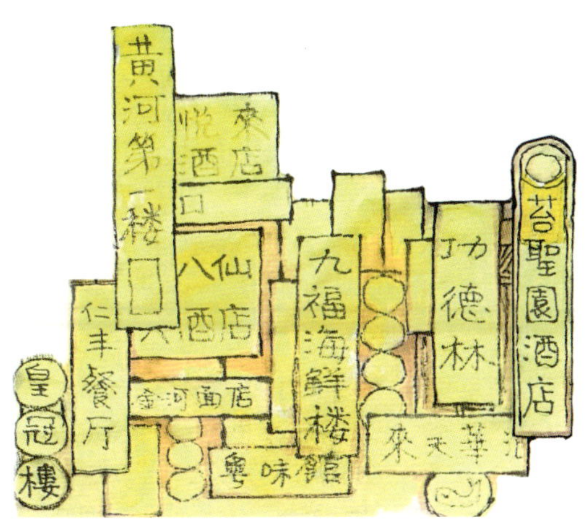

1. 如今位于黄河路凤阳路交会处的苔圣园（摄影：刘颖）
2. 2023 年热播电视剧《繁花》的取景地——上海影视乐园“黄河路”（摄影：刘颖）
3. 2000 年时的黄河路（《解放日报》图，摄影：周红钢）

Steinlager
世好啤酒
其华酒家
gujialou
家常菜
民间菜
传统菜
地址:黄河路159号 订座电话:63273204
Steinlager
啤酒
一番榨啤酒
KIRIN ICHIBAN
粤味馆
黄河路147号 订座电话：63582979
KIRIN'S
KIRIN ICHIBAN
一番榨啤酒
家常菜 民间菜 传统菜 订座电话: 63727788 63727878
百威啤酒
大上海酒店

红房子

『红房子』的法式西餐如焗蛤蜊、法式洋葱汤、芥末牛排、奶酪焗鳜鱼、麦西尼鸡、红酒鸡、奶酪小牛肉，以及『沙勿来』、火烧冰淇淋等，风味独特，别具一格。

探寻“红房子”的风味密码

蔺荪

“红房子”是中华老字号“法菜之王”红房子西菜馆的简称。历史上的“红房子”在陕西南路 37 号，后来才搬到淮海中路。那时的“红房子”，漆成了一团火，红红的，远远看去，十分醒目。红房子西菜馆的看家名菜“焗蛤蜊”，色泽诱人，香味馥郁，肉质鲜嫩，顾客啧啧称道，业界著名人物也纷纷前来品尝。

如今，“红房子”坐拥高雅淮海路，虽然旧貌不再，但若论店招，“红颜”依旧。踏上二楼，坐定，点一份“焗蛤蜊”，慢慢品尝，顿觉有一股“怀旧”之风扑面而来。

“西餐一条街”

上海的西餐馆，历史并不长，这与东方民族的饮食习惯不无关系。美国人亨特在《旧中国杂记》一书中，援引一位中国人（1830 年）眼里的“番鬼”（广东人对于入侵中国的西人之蔑称）饮食：

“他们坐在餐桌旁，吞食着一种流质，按他们的番话叫作苏披（即 soup，汤）。接着大嚼鱼肉，这些鱼肉是生吃的，生得几乎跟活鱼一样。然后，桌子的各个角都放着一盘盘烧得半生不熟的肉；这些肉都泡在浓汁里，要用一把剑一样形状的用具把肉一片片切下来，放在客人面前。”

对于如此这般的“西餐”，吃惯了米饭的中国人，焉能吃得？简直是在“生吞活剥”！至于吃饭，居然还要用“剑一样形状的用具”，那就更是让人瞠目结舌，视为怪异。

19 世纪六七十年代，上海外虹口一带，出现了外国人开的西餐馆。有人前去尝新，也因“西人肴馔俱就火上烤熟，牛羊鸡鸭之类，非酸辣即腥膻”而大摇其头。然而，西风东渐，中西方文化在岁月的流淌中逐渐融合。《画说上海生活细节 · 小说一品香》中便有这样的描述：“张德彝是最早由官方培养的外事翻译，第一次尝到西餐，是在他出使欧洲乘的外国轮船上。”

1883 年前后，福州路（旧称四马路）22 号开出“一品香番菜馆”，这是上海滩较早出现的由中国人掌勺的一家西菜馆。据《淞南梦影录》记载：“其装饰之华丽，侍应之周到，几欲驾苏馆、津馆而上之。”开张之初，“食客纷至，多尝异味”，但其后并没有带来持续“香火”，不久便归于沉寂。

“一品香”掌柜灵机一动，买来几条蟒蛇，放在门厅展览。这一招，果然灵验，来看热闹的人络绎不绝，由此拉动了“番菜”消费。掌柜的索性一不做二不休，买了一只金钱豹，关在笼子里，供人参观，但前提是：必须买票，方可进店。以观豹为名，行“促销”之实，参观者进店参观，顺便品尝“番菜”，“一品香”终于“香”遍上海滩，成为一家远近闻名的西菜馆了。

这以后，福州路上的西餐馆渐渐多了起来，到了 20 世纪初，竟然有十多家西餐馆。其中，海天春、吉祥春、四海春、江南村、万年春、锦谷春、金谷春、一家春、一品香等最为著名。店多成市，福州路几乎成了“西餐一条街”。

海派基因

由陌生到熟悉再到接受西餐，上海这座海派城市在完成了观念上的嬗变后，去西餐馆吃西餐，不仅是一种时尚，而且也成了身份的象征。“朋友初到上海，主人头一件事就是请他吃大菜,《栩缘日记》作者王同愈记他光绪二十一年(1895 年)去过的番菜馆就有吉祥春、万家春、一品香和张园等多处。戊戌变法那年（ 1898 年 ）农历二三月孙宝瑄来上海，一品

香就去了七八回。”（《画说上海生活细节·小说一品香》）

小说《海上繁华梦》取材于晚清时期十里洋场的上海，真实地反映了当时的社会生活现状，其初集第三回写道：“说那一品香番菜馆，乃四马路最有名的，上上下下，共有三十几号客房。四人坐了楼上第三十二号房间，侍者送上菜单，一人点了鲍鱼鸡丝汤、炸板鱼、冬菇鸭、法猪排，少牧点的是虾仁汤、禾花雀、火腿蛋、芥辣鸡饭，子靖点的是元蛤汤、腌鳜鱼、铁排鸡、香蕉夹饼，戟三自己点的是洋葱牛肉汤、腓利牛排、红煨山鸡、虾仁粉饺，另外更点了一道点心，是西米布丁。”彼时的西餐之热、之奢华，可见一斑。

1898 年 4 月，各国领事和西商在上海张园宴请德国王子海因里希，据《德文新报》记载，菜单是：

开胃菜、皇后汤

鳕鱼蛋黄酱、沙锥鱼酥皮盒

阉鸡冻、芦笋、朝鲜蓟配鹅肝

俄式色拉、烤羊里脊

松露馅烤火鸡配火腿

巧克力酱、草莓冰

奶油杏仁糖、甜点、咖啡

这是一份典型的西餐菜单。其中的“皇后汤”，是用小牛肉或禽肉配以蘑菇、松露，以及奶油调制而成的浓汤，酥皮盒是用面粉烘烤的法式点心，馅料为水果或各种肉类。宴席上的其他几种配料，如鹅肝、松露和芦笋，当时也都十分稀罕。

如此看来，红房子西餐馆的出现，其实并不突然，称它为“法菜之王”，也是有其生存土壤的，并且，由上海这座海派城市渐渐孵化而出，成为经典西菜的百年品牌。

命名由来

1935 年 10 月，意大利籍犹太人路易·罗威，在法租界霞飞路（现淮海中路）、亚尔培路（现陕西南路）附近开出一家西菜馆，店名喜路迈。这是上海滩上最早的一家法式西菜馆，门面坐南朝北，两开间，楼上楼下一共三层，底层和二楼是餐厅。当年，供应法式大菜的“法国总会”是一幢白色建筑，顾客称它为“白房子”。路易·罗威和其法国籍妻子，为了强调喜路迈的经营特色，特意将店面漆成了大红色，“红房子”名称由此而来。久而久之，店名喜路迈反倒被人淡忘了。

路易·罗威是一位善于经营的商人，他的经营术颇为独特，以“少”见“多”，以“少”敌“多”，紧盯高收入之人。喜路迈开张后，路易·罗威雇用了一位擅长烹饪法式西菜的中国籍厨师朱宗根，他在理查饭店做事时和朱宗根是同事。路易·罗威以高薪将他从理查饭店挖了过来，又将他在理查饭店当侍应领班时的搭档、中国籍侍应生胡廷翔也引进了“红房子”。这位中国籍侍应生，懂法语，又懂英语，服务道地。朱宗根的法式西菜、胡廷翔的法式服务和路易·罗威的交际手腕，组成了一辆“红房子三驾马车”，吸引了很多洋人、富商、高官达人，喜路迈开张后，座无虚席，几乎天天客满。

1941 年，太平洋战争爆发，路易·罗威被日军关进了集中营，喜路迈关门。“二战”结束，路易·罗威获释，重操旧业。原址已易新主，路易·罗威选中亚尔培路（现陕西南路 37 号），只有两间街面房，只能摆七张桌，但他还是买了下来，取名喜乐意，择日开张。由于地处偏僻，顾客很少，路易·罗威终于无意经营，将喜乐意盘给了他人。上海解放后，外国人相继离开上海回国，上海人刘瑞甫以 2000 元将喜乐意盘进，注册登记时，刘瑞甫为店名踌躇再三：是沿袭老店名喜乐意呢，还是另起一个店名？

一代京剧宗师梅兰芳是“红房子”的常客。有一天，梅兰芳到“红房子”吃西菜，当家西菜大师俞永利亲自为他掌勺。言谈间，梅兰芳说，洋店名已记不清楚，只知道这西菜馆一直叫“红房子”。上海解放了，何不干脆将洋店名改为“红房子”？俞永利对刘瑞甫一说，刘瑞甫感到不错。1956 年公私合营，他便将喜乐意更名为红房子西菜馆了。

看家名菜

“红房子”的法式西餐如焗蛤蜊、法式洋葱汤、芥末牛排、奶酪焗鳜鱼、麦西尼鸡、红酒鸡、奶酪小牛肉，以及“沙勿来”、火烧冰激凌等，风味独特，别具一格。看家名菜“焗蛤蜊”，更是闻名遐迩。但说起来，“焗蛤蜊”也是有故事的。经典的法式菜单上，原来并没有“焗蛤蜊”，只有“焗螺（或蜗牛）肉”。

1946 年以后，从法国进口的蜗牛中断，可是，生意还得照做。是年 24 岁的中国厨师俞永利，开始尝试用田螺肉代替蜗牛烹制“焗田螺”。螺肉老而乏味，食客不满意。俞永利继续“革故鼎新”，尝试“焗蛏子”。蛏子肉嫩，但不入味。有一次，他吃元蛤，突然有了灵感：将蛤蜊肉剔出，洗净滤干，加色拉油、酒、蒜泥、芹菜末等，放回蛤蜊壳，置于有凹洞的金属盘，入烤炉烘焙。出炉后的“焗蛤蜊”，色泽诱人，香味馥郁，肉质鲜嫩，顾客啧啧称道，连一些业界著名人物，如面粉大王、酱油大王、味精大王、煤炭大王等也纷纷前来品尝。“焗蛤蜊”成了一道看家名菜。

周恩来、邓小平、陈毅、贺龙等国家领导人也先后到过“红房子”品尝法式西菜。周恩来、邓小平、陈毅年轻时在法国留过学，品尝了红房子的法式西菜，大加赞赏：“菜的法国风味很浓，很好，很好。”1960 年，周总理在外事活动中多次向外宾介绍："吃西菜，上海有一家红房子西菜馆。"

此后，法国总统蓬皮杜、丹麦首相安高·约恩森等贵宾也先后到"红房子"品尝法式西菜。至于文化界名人，如电影导演谢晋，演员赵丹、白杨、张瑞芳、秦怡、刘琼、舒适、顾也鲁，作家王元化、柯灵、何满子，画家朱屺瞻、黄永玉、黄苗子、郁风、陈逸飞，京昆剧演员赵燕侠、李玉茹、蔡正仁、岳美缇、张静娴、华文漪，越剧演员傅全香、范瑞娟、徐玉兰、王文娟、金采风、戚雅仙，评弹演员蒋月泉、张如君、刘韵若，新闻界著名人士冯英子、黄裳、郑拾风等，都是"红房子"的座上宾。

20 世纪 90 年代，"红房子"六十周年店庆，远在北京的戏剧大师曹禺抱病写了"美食者之家"条幅，以表祝贺。早些年，欧洲共同体委派六位食品专家考察"红房子"，他们品尝了海鲜杯、烙蛤蜊、洋葱汤、红烩明虾、奶油鸡片贵仔、芥末牛排、什锦生菜，拉着厨师长的手说："这是我们在中国吃到的最好的西菜。"

1984 年，人们在红房子西菜馆排队等候就餐的场景
（黄浦区档案馆藏，摄影：薛宝其）

20 世纪八九十年代的红房子西菜馆（上海市档案馆藏）

20 世纪 80 年代，人们在红房子西菜馆就餐（摄影：陆杰）

忆趣

准备过年最闹猛

回家路途遥遥，但兴奋之心，掩盖了旅途的疲惫。到了上海火车站，过年的序幕拉开。每个人都有好心情：快过年了，意味着可以好好玩几天；对小孩子们来说，过年可以穿新衣裳，吃美味。

记忆中的上海年味

郝晓霞 严柳晴

“过年”一词，会唤醒许多人的节日仪式感。不管路途多么遥远，四方的游子们都要赶在除夕夜来临之前，乘坐各种交通工具回到家里。家中的长辈们，满怀喜悦与期待，赶往南货店、菜场，排队置办心仪的年货，一串串带着咸腥气的风鱼、咸肉、风鸡被高高挂起，晾晒通风。

随着正日子临近，各家各户都更加忙碌起来，节日氛围也越来越浓郁：小年夜里做蛋饺、包汤圆；大年三十年夜饭；大年初一穿新衣，发压岁钱；大年初二提着蛋糕走亲访友；大年初五迎财神；元宵节张灯结彩，小朋友拉兔子灯……

归家之路

火车站是“年味”最初开始的地方。

20 世纪 50 年代，一到春节，上海火车站人来人往。许多上海年轻人到内地支援经济建设，不管路途多远，都要赶回家过年。

游子归心似箭，家人正等候他们归来。小孩子到火车站（即老北站），站台上去迎接哥哥姐姐。远归的亲人，总要带一点土特产，北方的红枣，或是南方的桂圆。上海人看到这些东西，觉得“好稀奇”。

20 世纪六七十年代，百万知青上山下乡，又一批游子远行。张景岳是其中一员。春节快到了，回上海之前，他有一件重要事情——到当地的集市上采购年货。

农村的农副产品价廉物美，不需要凭票、凭证，价钱又便宜。当时的价格，张景岳记得清清楚楚：“河虾便宜的时候才 3 毛 5，鲫鱼、鳊鱼大概 4 毛 5，老母鸡只有 6 毛 7。”还有带壳的长生果，在上海，长生果难买，一年只能买到一两斤。在当地，长生果大约 3 毛 5 分钱一斤，当时张景岳一口气买了二十斤，“回去可以送人呢”。

回家路途遥遥，但兴奋之心，掩盖了旅途的疲惫。到了上海火车站，过年的序幕拉开。每个人都有好心情：快过年了，意味着可以好好玩几天；对小孩子们来说，过年可以穿新衣裳，吃美味。还可以享受“特权”：调皮捣蛋，家长不会打骂。要是摆在平常，家长就要训斥了。

弄堂飘香

当年市场上，部分商品凭票供应，而且需要排队才能买到。菜场早上六点钟开秤。但人们半夜两三点钟就爬起来了，穿厚衣，戴口罩、围巾。年纪大的人，就带个小凳子，在旁边坐着。

庄幼娟跟隔壁邻居一起排队。大家分工合作，一人买鱼，一人买肉。排队有技巧：如果人不在，就拿一块砖头、一个篮子。有时在袖子边上，写上编号，你1号、我2号、他3号……生怕别人插队。

排在前面的人，能买到花式鱼，大黄鱼、小黄鱼……排在后面的人，就只能买个带鱼。买到带鱼，总有点可惜。用带鱼招待客人，似乎“不大上台面”。买了鱼又没冰箱，怎么办呢？只能早上摆在家里，夜里晾在外面。

买回来的年货，需要再加工。从菜场回家，又是一通忙碌。自己做腊肉、做香肠，或者把鳗鱼、鸡鸭拿一点盐腌一下，“拿进拿出，尽管还没有开始吃，看看也觉得老开心”。

过年的味道，在弄堂里飘散开来。家家都买了家禽，吃不掉，也不舍得吃，就挂在走道里，从楼上到楼下，走廊里面吊着鳗鲞、咸肉、蹄髈，一只只在吹风。

弄堂旁边的烟纸店也要提早备货，迎接一年一度的购买高峰。刘建芬曾经营一家烟纸店，过年是她生意最忙的时候。人们平常买烟，只买一两包。过年时候，都是一条一条地买。买起糖来，也是论斤的——过年烧菜多，而且，上海人烧菜会放糖。

敬灶神

祭灶神的这天，被认为是真正进入年关的日子。有人认为这天是腊月二十三，也有人认为是腊月二十四。为什么要祭灶神？民俗专家仲富兰介绍：唐朝以后，神逐步世俗化。老百姓请灶神到玉皇大帝那里讲点好话，就要在灶神嘴上涂一点麦芽糖、饴糖，让嘴巴甜蜜蜜——实际上，这就是人与天的对话，也是人对天地的敬畏。

这一天，要准备一碗放糖的糯米饭，上面还放一点蜜饯，供在灶头上面，让灶神的嘴甜一甜，这碗糯米饭，一直要放到年初一才吃。

当时，除了祭灶神之外，家家户户磨水磨粉。他们会备好最大的“钢盅锅”（铝锅），准备一缸糯米。磨两下，雪白的糯米粉，乳汁一样，稀里哗啦地淌下来了。

磨水磨粉需要一个磨子，并不是每家都有，只能相互借，张家用完李家用。张家有石磨，一开工，隔壁邻居就知道了。

“张家妈妈，借给我们用用好吗？”邻居总得帮一帮。弄堂后的老太太开口借磨，不但答应借她东西，还帮她们端过去。

油沸锅暖

转眼就到小年夜了。这一天需准备年夜饭。张景岳家有一只紫铜火锅，平时不用，放在阁楼上面，小年夜时取出来，擦干净。母亲还会让他到家对面的煤球店买钢炭。

小年夜里，上海人会做蛋饺、会做肉圆。做蛋饺是个技术活。首先要打蛋，往一个方向不停打。有时候，蛋饺做碎了，大人会说，“你们小孩吃掉它吧”。有时家里还会炒香瓜子，炒长生果，还会用黄沙一起炒，这样炒出来的干货不会焦。

改革开放以后，至少有十年时间，上海人叫作“大补油水的十年”，大家都喜欢吃油炸的东西。油是珍贵的资源，烧好的油要倒到搪瓷杯里面，循环利用。平常积着油，到过年的时候，终于可以“开油锅”了。一到开油锅，准备好所有下锅的食物，一起摆在锅里炸：炸肉皮、走油肉，最后煎鱼。

油可以做许多美食，首先是炸春卷。年前就需买好春卷皮。老师傅像变魔术一样，黏糊糊的面粉在平锅上一转，一张皮子就转好了。还有一样美食叫作“汆龙虾片”，龙虾片一放下去，变得特别大。小孩子一看到汆龙虾片，就立刻跑过来。还没收工，已经被他们吃了好几片。

小年夜里，全家人聚在一起包汤团。汤团往往带有家乡特色。比如，宁波汤团小，像玻璃弹子一样大，但是里面包的东西比较精细，有猪油、黑洋酥、绵白糖。

每家的汤团各不相同。庄幼娟是宁波人，隔壁是本地人。宁波汤团裹得越小，说明你水平越高；本地人呢，圆子做得像乒乓球这样大。汤团还会做成咸的，馅料里有菜和肉。

阖家团圆

在中国的传统习俗中，年夜饭是一年中最重要的一顿饭。上海是移民城市，各家年夜饭各有特点。吕仁德家里有个圆桌，叫作“圆台面”，平日折起来，过年时翻开。年夜饭里最重要的东西是暖锅。炉子太旺了，拿个酒杯加点水，把它压压凉。里面再放线粉、黄芽菜、菠菜、蛋饺、肉圆……

张景岳的父亲平时滴酒不沾，只有到大年三十晚上，他会让孩子买点黄酒温一下，用锡壶倒一点喝。“我去买酒的时候，满弄堂都是菜香和酒香，这个味道就使人醉啊。”

小朋友看到大人喝酒，会心生好奇。小孩会对父母说：“我也想吃一口。”大人平常不允许小孩尝酒，过年算是“开戒”，用筷子蘸蘸酒，让小孩尝尝味道。

如今，上海人过年习惯已改变，许多人把年夜饭摆进饭店。平时每天都吃得好，年夜饭也淡化了。不过，年夜饭“阖家团圆”的意义还在。年夜饭会点十个冷菜，再加十个热炒，意为“十全十美”。

吃完年夜饭后，一家人聚在一起守岁，辞旧迎新。在没有收音机、电视机的年代，守岁的方式很丰富。在许素珍家，大家搓圆子、包馄饨——这是初一早上必须吃的东西。

守岁时，母亲还在赶制新衣——这是孩子们最期待的事情。每年春节前，母亲总要给孩子做一双新鞋子、一件新的衣裳。朱雅红记得，年三十夜里醒来，母亲还在灯下缝纽扣。“第二天，等我起来的时候，新衣服做好了。我记得很牢，这个衣服是倒穿的，纽子在后面，然后是花的绒布，粉红颜色，上面有碎花，很漂亮。”

比起现在，当年的衣服很简单。不过就是用蓝的布，做一件棉袄罩衫、一条棉裤的罩裤，再配一双新的鞋子，小孩子已经很高兴了。如果再好一点，到南京路去买一顶帽子，就高兴得不得了。

吉祥口彩

大年初一起来，贴春联、穿新衣服。爸爸妈妈会把新衣服摆好，胡芷玲家里有一个大橱，“横照竖照，开心极了”。衣裳都是新衣裳，但第一天穿新衣，人有点拘束，好像不灵活了。

除了新衣服，小孩子最关心压岁钱。无论钱多钱少，寄托着长辈对晚辈的祝福。压岁钱的风俗由来已久，在古代用铜钱。压岁压祟，这个祟就是一种不好的东西，要用铜把邪气镇住。后来，铜钱变成了钞票，压岁钱就真的变成钱了。

早晨天不亮，小孩就摸枕头下面的红包，里面包着压岁钱。当然了，大人怕小孩乱用，就讲“意思意思啊，等到明天要还的”，当时的心情，不免有点郁闷。

大人们对新的一年充满希冀，希望新年能有一个良好的开端。醒过来以后，还要让孩子吃一片糕，意为“高高兴兴、高升”。这糕点叫猪油年糕，这猪油年糕，平日不舍得吃，

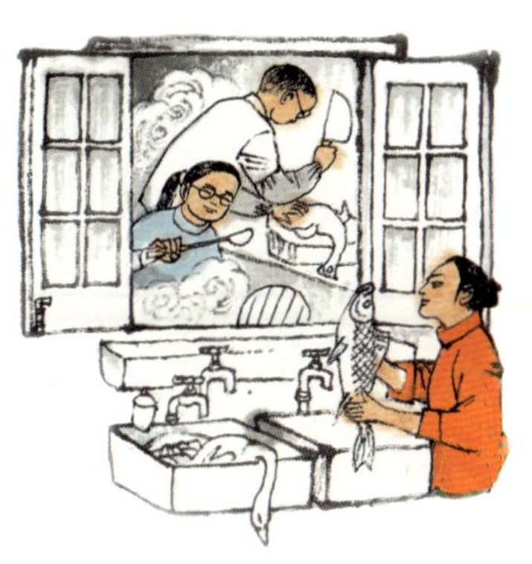

切成一片一片，摆在打好的蛋里，再放在油里氽，香得不得了。除了吃糕外，还要“吃糖茶”：茶里面要放两粒花生米，两个红枣，放点糖，意为甜甜蜜蜜。吃了这个糖茶以后，一年里面都嘴甜。

接下去就是拜年。小孩子都会在大年初一早上先给父母和隔壁邻居拜年。

先跟爸爸妈妈说：“新年好，恭喜发财，恭喜恭喜。”接下来，轮到隔壁邻居、伯伯、叔叔家拜年。家里大人会关照小孩子们：到别人家里去，不能去随便拿人家东西。但邻居家的公公、婆婆却讲：不要客气。塞过一把瓜子、一把花生、一把糖，在小朋友的袋子里装上很多好吃的。

正月十五以前都算拜年。拜年有远近亲疏之分。一般来说，年初一，父母会带着小孩去长辈家吃饭；年初二留给亲戚朋友；再远一点的亲戚，就放在初三之后。

初二开始跑亲眷朋友，总要拎点礼物表敬意。生梨、苹果、蛋糕……满大街都是提着礼物的人。东西拿得最多的，年轻的小伙子，手里提满了东西。火腿、香烟、酒，必须全套。主人也会很早就准备好点心、糖果和茶水，款待前来拜年的客人。点心一般是猪油汤团。家里还有果盘盒，各种糖果都摆好。糖果盘叫作“什锦糖”，多种品种的糖果和在一起，大概五六种。

到了 20 世纪 80 年代，水果点心过时了，奶油蛋糕成为

流行的礼物。特级点心师张素莲回忆，过年是最忙的时候，做糕饼、做蛋糕，奶油蛋糕当中夹心、上面裱花，一做至少七十五个。“一天忙着做蛋糕，从早上七点半上班，要忙到夜里八九点钟再回到家里。”

那时候奶油蛋糕还有个诨名，叫“地雷”。这是什么意思呢？比如，张家送奶油蛋糕送到李家，李家把奶油蛋糕送到王家，王家又把奶油蛋糕送回张家。张家人一拆蛋糕：哎呀，是我们送出去的蛋糕。虽有些令人啼笑皆非，但在当时倒也是屡见不鲜。

十五闹元宵

初五迎财神是上海人比较看重的一个风俗，表达人们对天地的敬畏，对未来的美好期盼。上海是个工商城市，居民多是移民，大家求发财心切，总归希望这一年能够赚得多一点。

快乐的日子总是过得飞快，似乎刚过了正月初一，就到了一年中的第一个月圆之日——元宵节。新年的喜庆推上顶峰，也意味着节日已接近尾声。

元宵节也是中国的灯节，到处张灯结彩。这一习俗从农耕时代传下来，当时需要对付自然灾害，因此，人们点灯避害。人间的万家灯火，表达了对光明的向往之心。

小朋友们上街拉兔子灯，很多都是自己做的兔子灯：劈开毛竹，制成兔子形状，外边用纸糊，里面摆一支小的蜡烛，兔子灯下面，装两个轮盘。拉着它上路，“蛮扎台型的”。有时，一家人还会到城隍庙去，看灯、猜灯谜，看城隍庙湖心亭当中、各种各样的造型彩灯。

元宵节过完，过年就算正式画上了句号。

随着社会的发展，很多旧时风俗已经逐渐消失了，年味儿也越来越淡了。但无论如何改变，在过年的那些天，人们享受亲情、感恩祖先、敬畏天地的核心理念一直流传着。除此之外，过年还有更深层次的意义。

民俗专家仲富兰这样解释过年的意义：哲学上讲，宇宙是无边无际的，时间是无始无终的。如果人不给它规定历法，不设置节日，你就感到日子没有区隔了。过年，就是一种文化的力量——把漫长的岁月，分成一年又一年。

是啊，春节就是一个节点，提醒人们：要停下来，要加加油，为新的一年，注入新的希望。

1979 年除夕，家住卢湾的沈家阿婆在挑拣吉祥如意菜黄豆芽，准备年夜饭（黄浦区档案馆藏，摄影：薛宝其）

1
2 | 3

1. 旧时，回乡过节的上海市民（上海市档案馆藏）
2. 1984 年 2 月 2 日，城隍庙的兔子灯成为春节热门货，数千盏已售去很多（《新民晚报》图，摄影：周铭鲁）
3. 1963 年春节 ，中山公园附近的弄堂里，一群好奇的孩童围着偶遇的摄影师，喊着“叔叔给我们拍照”（摄影：薛宝其）

拆天拆地
男小顽

那个年代，放暑假整天蹲在家里、不出去玩的孩子是不多的。在炎热的夏天，弄堂里的男孩子中午都不肯睡觉，听到知了叫，大多会去逮知了，粘知了的工具很简单，一根竹竿，一个面团即可。

那些年的多彩暑假

王戎　从歌

对于许多上海人来说，童年时候的暑假生活多是一份淳朴而快乐的回忆。那时候的暑假作业是一册薄薄的本子，几天工夫就能全部做完，而接下来就是精彩纷呈的自选动作了：和小朋友成群结伴，去捉迷藏、看小人书、逮知了、捉蜻蜓、游泳、打水仗，一天热热闹闹地玩下来，吃完晚饭后再搬个椅子坐在弄堂口，和伙伴们一起乘凉嬉戏，有时候还可以去看露天电影。

虽然那个年代物质不丰富，但那些看似平淡的日子却给孩子们带来了无法言喻的满足和幸福。一年年的快乐夏天，或许已成为远去的岁月，但那些天真而又淳朴的童年往事，已长久地留存在了记忆的画卷中。

泳池碧波

那个年代没有空调，电风扇也是奢侈品，炎热的夏天对孩子们来说，能够泡在水里清凉一个下午，那种快乐自然是无法言喻的。

刘沛记得那时他十来岁，住在杨浦区，到一个游泳场去游泳要走很多路。一般都是吃好午饭去的，因为午饭后的游泳场人不多，游泳票很便宜。

为了多游一会儿，单安隆每次游泳会像老师上课那样拖堂。当时家庭条件不大好，虽说游泳票只要两三分一张，但毕竟也是一笔钱，所以每次去游泳的时候，单安隆都会拖延一些时间。直到那个站在游泳池边上或教练台上的老师不断吹哨，再拿着长长的棍子，像赶鸭子一样一层一层地把他从游泳池后面赶出来。

那个年代女孩子要去游泳，非得有一件游泳衣。但父母不给钱买游泳衣，葛承红只得自己想办法解决。她用去菜场剥毛豆赚的钱买了一件三块几角的红色游泳衣。但她没想到的是，第一次去游泳就挨了批：“我阿姐去游泳，不让我去，我硬是要跟她去。”不会游泳的她，在泳池里猛呛水。回家父母得知后，狠狠地教育了她一通。

去游泳池游泳不仅要花钱，而且不能尽兴，很多经济条件差的孩子干脆“铤而走险”，到黄浦江、苏州河里去游泳。

那时候的许多家庭，由于孩子多，工作忙，对孩子的管理都是“粗放型”的，但是孩子去河里游泳一般是禁止的。

黄荣章家有五六个兄弟姐妹。家离黄浦江不远，黄荣章虽不会游，但胆子不小。一次，他抱了一只篮球就跳下去了，人浮在篮球上面，脚蹬着水。游好回来为了不让父母知道，就冲一把澡，擦干再回家。

那时的苏州河河水还比较清，每逢暑假，许多顽皮的男孩除了下水游泳外，还要爬到苏州河的桥梁上进行跳水训练和比赛。鲁兴强曾是当年的顽皮男孩之一。

“那时候跳水是这样的，大家排成一排，先是按次序一个一个跳下去，接着比魄力，谁魄力大，谁排在前面。最后手搭在旁边人的肩膀上，大家一起下去，不下去也要下去，

不下去后面人把你踢下去，就这样练胆子。”一次跳水，鲁兴强的脚面被一块石头划开了。回家后，他原想跟爸爸诉诉苦，请他安慰自己吃一根棒冰，结果爸爸得知真相后，却是大光其火，揍上一顿自然也是难免的。虽然也曾为游野泳吃过苦头，但多年以后回忆起这段往事，当事人仍不觉莞尔。

物尽其用

在那个物资匮乏的年代，西瓜因为价廉物美，便成了夏天常见的解暑食品。除了西瓜，度夏的孩子最希望能尝到的莫过于冰水或者棒冰，自然这些东西也不是轻轻松松就能尝到的。

杨佩芬的妈妈会去买一些冰水，在里面加一点醋、放一点糖，再摆到井水里冰一冰，那时候没有冰箱，这样酸溜溜、甜滋滋的冰水就让杨佩芬觉得颇美味了。

江云萍回忆，妈妈会带冷饮回来，但带到家已经热掉了，像糖茶一样。但即便这样的热糖茶，妈妈自己仍是不舍得吃，“那时候能吃到糖水什么的，大家就蛮开心了”。

孩子多，棒冰又贵，家长就算省下来自己不吃，也很难满足孩子们的需求，会过日子的孩子们于是想出了一个好办法：买断了的棒冰。断掉的棒冰自然卖得便宜，又能让孩子们解馋，可谓两全其美。

除了省吃俭用，当年也是物尽其用的岁月，好多吃棒冰的男孩子，不舍得丢掉棒冰棒头，甚至还到马路边去捡拾被丢弃的棒头。这些棒头在心灵手巧的孩子们手中可以制作成各种玩具。比如，他们把棒头一根根搭起来，再用铅丝固定，就做成了一把玩具手枪。他们还会去南京东路的戏剧刀枪门市部，照着门市部里的图像自己画，回来后再雕在棒头上，有的还会在前面摆根铁杆子，里面接个灯泡。有的还会做成小型的飞机，机头、机身、机翼，样样不缺。反正，一切都靠孩子们自己动脑筋。

巧捉昆虫

那个年代，放暑假整天蹲在家里、不出去玩的孩子是不多的。在炎热的夏天，弄堂里的男孩子中午都不肯睡觉，听到知了叫，大多会去逮知了。粘知了的工具很简单，一根竹竿，一个面团即可。

在刘沛的印象里，先要把面粉打成面筋，这样就有了一定的黏度，然后就放在竹竿顶上，这样就可以去粘知了。用熔化了的松香也可以粘，或者就用网兜去抓。单安隆回忆，当时自己眼神好，一眼就能看到高六七米的树上，有黑乎乎的知了。

在烈日的午后抓知了，孩子们通常都是满载而归。那时候上海市郊的住宅，房前屋后，有不少树木，有的人家还种了葡萄、丝瓜等作物，而金乌虫、天牛、蟋蟀等昆虫都藏在里面，于是好多孩子都拿抓这些昆虫当游戏。

鲁兴强说，拿一根铅丝弯一弯，上面弄一块纱布，再把铅丝绑在竹竿上，就做成了一只网罩，孩子用它去捉金乌虫。

温文旆小时候在暑假里喜欢踢足球、打乒乓、打弹子，还特别喜欢捉蟋蟀。他说："捉蟋蟀都是晚上，拿个手电筒，两三个孩子一起去捉的。一个照手电筒，另一个找蟋蟀，再用蟋蟀网去捉。那时候没有竹筒，孩子们就用纸做一个筒，捉住的蟋蟀就先放在纸筒里，回去后放在盆里养。但不敢在家里养，爸爸妈妈要骂的。我们就把它摆在走廊里，或厨房间里。有一次，在抓知了时，不小心被黄蜂叮了一个包，痛了好几天，还去了医院。"

手不释卷

那个年代的暑假生活，对于孩子们来说，玩是第一位的内容，对于学生的家长来说，只要孩子玩得高兴，不在外面闯祸，也就别无他求。而好多学校为了巩固学生学到的知识，就为学生组织了一个个校外小小班。规定学生上午三五成组，在指定的相邻的同学家里一起做暑假作业。

但那时候，一般是两个女孩两个男孩搭在一起做作业，如果都是男孩子，一定会打架。单安隆回忆："像我们这些当时念书还可以的，就自己在家里做作业，做好就腾出大量的时间出去玩儿了。"

但由于贪玩，温文旆的暑假作业总是靠临时抱佛脚，经常拖着完不成，“等要开学了，我妈妈、姐姐就盯住我，突击几天完成”。

20 世纪五六十年代，顽皮的孩子不在少数，不过也有乖孩子把自己的暑假生活安排得井井有条。吴敏慧就是其中之一：“我只想一心一意好好地读书，不管放暑假还是寒假，自己会制订一个暑假或寒假计划，几点钟做什么，几点钟做什么，按照计划完成。如果没有照计划做，我就会心怦怦跳，自责怎么不遵守时间呢。”

但那个年代像吴敏慧这样的乖孩子是不多见的。也许是因为这个原因，在暑假里，班主任老师会抽出时间到学生家里家访，而学生们最怕的也就是老师的突然来访。

当老师去温文旆家时，他往往三十六计溜为上计：“不敢待在家里，怕给妈妈骂。知道老师要来家访了，我会告诉妈妈，妈妈请假等在家里面，我就可以逃掉了。”

暑假虽然能够尽心地玩耍，但好多孩子在家长熏陶和老师的教育下，趁暑假的时间，阅读了不少自己喜欢的课外读物。那时候上海的好多图书馆是天天开放的。当时是初中生的崔玮在暑假就饱读了中外名著：“平时准备功课比较紧张，时间也比较少。但是暑假里面就有整段的时间可以根据自己的爱好来读一些书，也算是消磨暑假的时光，我那时就已经涉猎了很多世界名著，如《茶花女》《安娜·卡列尼娜》等等。”对于一些孩子来说，读书的乐趣不亚于玩游戏，如能借到一本好书，许多学生都会爱不释手。

课外阅读给孩子们插上了想象的翅膀，至今很多人还十分感谢那段岁月。除了读书，孩子们还会结伴看暑期学生场电影，这些电影票价往往比平时便宜，当然也是一票难求。在杨佩芬的记忆里，暑假有专门学生场的票子，5分钱一张，所以他们一个暑假要看好几场电影。吴敏慧家住胜利电影院附近，周边还有一个解放剧场，有时候同学结伴一起去买当场票看电影。

纳凉故事会

暑假的日子里最热闹的要数晚上的乘凉了。大人们在忙碌一天之后，开始享受那份难得的清闲和凉意。孩子们更是憋不住，只要不下雨，每天晚上，上海的弄堂里和马路边都是乘凉的人群，那是上海夏夜一道特殊的风景。

那个年代，上海的石库门弄堂里大都有水井，暑假的傍晚，吊上一桶桶凉凉的井水浇在自家门口，给被骄阳烤上一整天的弄堂降降温。然后各家搬出小饭桌、竹床、躺椅。葛承红回忆："天还没暗，就先把水浇上去，把地面浇浇阴，然后台子搭出去，小菜都摆上去。"

小菜在门口摆好就可以开吃了。男孩子就光着上身，小椅子坐一排。隔壁邻居拿着饭碗坐在一起，谁家烧了好吃的，大家都可以互相尝尝。弄堂里充满着欢声笑语。

纳凉的时光十分漫长，从吃晚饭开始一直到深夜十一二点，除了聊天、打牌、下棋，还能做很多自己喜欢的事情。

曹亦隽住在沿街，他回忆说："吃完晚饭，把躺椅、小板凳拿下楼，旁边是百年老店德兴馆菜馆。一直要纳凉到晚上十一二点。因为我们老房子南北不通风，那时还没有电扇，就拿一把蒲扇，还能赶赶蚊子。"乘凉的时候，孩子们一抬头，就能数数天上的星星，认一认北斗。

当然，孩子们最希望大人们下达切西瓜的口令。随着咔嚓一声响，一个大红瓤、乌黑子、冰凉冰凉的大西瓜八瓣开。大快朵颐之后，剩下的东西也是舍不得扔。西瓜子洗洗，放在淘箩里面晒干后炒了吃，西瓜皮还能炒毛豆。

那个年代，夏天的上海，到了晚上无论是弄堂里还是马路边，到处都是乘凉凑热闹的人群。女人们凑到一块儿说个家长里短；男人们开始讲那些有趣的故事和新鲜的事儿。夏夜纳凉也是“故事会”的专场。这时候，会讲故事的人就成了明星。

只要故事一开讲，叽里呱啦的小孩子便安静了。随着夜色越来越浓，“故事会”的高潮即将到来——最惊心动魄的“鬼故事”总在接近午夜的时候开始讲起。

沈谷惠说：“那时，打雷的时候专门讲鬼故事。小孩子本就害怕打雷，再讲鬼故事，一讲大家就边叫边逃。”

还有的邻居很会讲鬼故事，还讲得绘声绘色的。等鬼故事讲好，基本就到九十点了，要上楼睡觉了。楼梯很暗，路灯又老是坏，大家战战兢兢地回家，但其实心里还是很开心的。

夜深了，暑气渐渐消退，乘凉的大人们和一群顽童，此时都静了下来，陶醉在美好的夜色里。

泳池戏水（上海市档案馆藏）

1986年7月29日，小摄影家夏令营（《新民晚报》图，摄影：夏永烈）

20 世纪 50 年代，上海市第一届少年儿童队夏令营，孩子们步入营地（上海市档案馆藏）

泥地足球（上海市档案馆藏）

放学路上的诱惑

马路边的墙角，一排排的木架子，摆满小人书，外面用根麻绳拦住；一块木板上花花绿绿地贴满新到的小人书封面，招徕顾客；小矮凳，长条凳，随意摆放，供看书的人坐下来慢慢翻阅……

小人书里有大世界

刘俊　孙毓斐

穿梭在时光长廊，让我们一同回味那些年，小小连环画带给我们的纯真与欢笑。1925 年，上海世界书局首创连环画册，点燃了“小人书”的阅读热潮，从此迅速风靡全国。解放后，连环画步入了黄金时代。在城市的各个角落，小人书摊遍布城市的街头巷尾，成为无数人心中难以磨灭的快乐源泉。很长一段时间里，只需 1 分钱，就能沉浸在小人书的奇妙世界中。那些日子，如同童年的糖果，甜蜜而珍贵。

小人书摊

画家陈云华曾在画作中描绘弄堂口小书摊的模样：马路边的墙角，一排排的木架子，摆满小人书，外面用根麻绳拦住；一块木板上花花绿绿地贴满新到的小人书封面，招徕顾客；小矮凳，长条凳，随意摆放，供看书的人坐下来慢慢翻阅……

在画家葛振纲的记忆中，“那时的上海小书摊达到了两千多家。可以说，每一个街道都有那么一两个、两三个小书摊”。

提起小书摊，画家杨宏富有一份特别的感情。那时候他还在上小学，有一次放学回来，看到别人摆小书摊只有几本书也摆在那儿看，而他家里有十几本书，就拿了一张牛皮纸，把这十几本小人书摊在上面。丰厚的收获却令杨宏富喜出望外，短短的两个小时，居然赚了 2 角 5 分钱。

在那个物质生活并不丰富的年代，通过摆一个小书摊，杨宏富一家解决了生活开支问题。逢节日的时候生意更好，一个佳节下来，孩子们的读书费就在里面了。当时这样的书摊一个月能挣到五六十块，杨宏富很自豪地说：“当年能有这样的收入，是非常富裕的。”

20 世纪五六十年代，物质匮乏，娱乐生活也比较枯燥，当时戏院、电影院的票价是很高的。如果租看连环画，普通新书 1 分钱一本，旧书 1 分钱两本，薄一点的还可以租到三本。所以看小人书就成了许多孩子的兴趣爱好，成为一种很普及的阅读形式。

梁大明是一位连环画爱好者。和那个年代的所有小朋友一样，当时的梁大明热衷于看连环画，零花钱基本上都花在了小人书上，有时为了省下 1 分钱去看书不得不绞尽脑汁。有一段时间，家里大人让他去泡开水，由于他家离弄堂口的老虎灶较近，与开水间的老板蛮熟悉的。他跟老板说："阿姨，我这壶水分两次泡，今天泡半壶，1 分钱先给你，下次我再来泡半壶。" 老虎灶里泡壶水 1 分钱，这里面还能有什么算盘可打？

原来，梁大明每次泡半壶热水，兑半壶冷水。1 分钱，分两次用，这样就相当于泡了两壶水。但是大人会问，这水怎么是温吞水啊？梁就说："老虎灶水没烧开，你叫我这么早去泡是这样的呀……"大人想想就算了。"有时候混过几次，多混不好混的，不可能一直不开的。要混个两三天才能混下来 1 分钱。钱混来以后做什么？ 1 分钱没派别的用场，马上冲到小书摊看小人书去。" 说起这些，梁大明至今记忆深刻。

当然，小朋友聚在一起还会有各种古怪精灵的主意，有的想着法儿地少花钱、多看书。杨宏富回忆说："比如说你也借一本书，我也借一本书。两个小朋友也晓得省钱的，偷偷地趁不注意就对调。被老板看到，便提醒说：'不好调的，你再调你要付钱的。’而遇到一个比较有钱的小朋友，拿着5分钱去看书，旁边三四个同学围在边上一起看，揩油，还指指点点讲……”就是这样，连环画伴随着几代人的童年，度过了美好时光。

“一百单八将”

看图讲故事的图书形式很早就有，但是现代意义上的连环画，起源于上海，可以说是海派文化的一朵奇葩。

19世纪40年代，上海开埠，成了中西文化的交汇点。而随着国外先进印刷技术的引进，又推进了上海连环画的发展。

1925年，上海世界书局率先推出了第一套连环画册，这套开天辟地的连环画包括《三国志》《西游记》《水浒》《封神传》《说岳》和《红楼梦》六大部。这种上图下文、不识字也能大概看懂的“小人书”，从此一炮打响，迅速走红。

1932年前后，上海出版连环画的大小书局有30余家，占到了书局总数的一半。到1949年的时候，私营的连环画出版商达到100多家。

这一阶段，上海涌现了一批优秀的连环画名家，其中最出名的要数被称为连环画界“四大名旦”的赵宏本、沈曼云、钱笑呆、陈光镒。他们风格各异，擅长的题材各不相同。四大名旦的出现，标志着上海的连环画走向成熟。图文并茂、形象生动、通俗易懂的连环画，受到了一大批青少年甚至成年人的欢迎，同时也受到了国家领导人的重视，成为新时代的宠儿。

毛主席曾说：连环画，小孩爱看，大人也爱看，文盲看，有知识的人也看，建议成立个美术出版社，多出一点新的连环画。

1952年，华东人民美术出版社成立，后更名为上海人民美术出版社。出版社专设了连环画创作室，各路画家聚集在此，高谈阔论、挥毫泼墨，最多时有一百多位。于是，大家照着《水浒》里梁山好汉的气派，封了个“上海人美有‘一百单八将’”。

连环画家王亦秋老先生还记得当年第一次走进办公室，“我们一分配下来到这儿的时候，哎哟，这么多人啊。这个倒蛮难混的嘛”。办公室可以集中大概四五十个人，人均一两个平方米左右，十分壮观。每每回忆至此，王老先生都会自豪地说：“人家说这个华东的、世界的一个大车间，一个画连环画的大车间！”

老一辈画家的精益求精、勤勉踏实，为新中国留下了一大批经典的连环画。上海人民美术出版社推出了《三国演义》《红楼梦》《孙悟空三打白骨精》《山乡巨变》《铁道游击队》等一系列经典作品，使连环画成为20世纪五六十年代中国美术界的一座高峰。

贺友直先生是中国连环画史上里程碑式的人物，也是当年“一百单八将”中的一员。2009 年，贺老获得了新中国成立 60 年来首次评选颁发的“中国美术奖·终身成就奖”。谈起自己的成就，贺老谦虚地说：“那是捡便宜捡来的。我命活得长，这是第一个便宜，第二个便宜，成绩比我大的人走得比我早嘛，落下来就是我了。”

贺老是个奇人，他只读过小学，没什么文化，但是他去中央美院当客座教授，讲课场场爆满，美院为此还专门设了“连环画系”。他一句外国话也不会说，法国的昂古莱姆连环画博物馆却把他的脚印印在地砖上，铺在了广场上。他从出版社成立起一直在上海人民美术出版社工作，画了一辈子的连环画。代表作有《山乡巨变》《朝阳沟》《白光》《十五贯》等。

他的独到之处在于能够根据主题的需要，在画面里制造情节。而仔细品读贺老的连环画，你会发觉其中的生活细节贴切真实，妙趣横生。当年，为了创作《山乡巨变》，贺老更是两下湖南农村去体验生活，与农民同吃、同住、同劳动。

2016 年，贺友直在上海去世，享年 94 岁。生前他居住在巨鹿路“一厅四室”三十多平方米的小房子里，直到生命最后的日子，仍不知疲倦地创作着。他总说：“做人就是要像上海人讲的寻开心寻开心，开心是要寻的。”在连环画的世界里，贺老找“寻”到了属于自己的“开心”。

经典三国

在连环画的黄金时代里，上海人民美术出版社出版了大量优秀作品，其中全套60册的《三国演义》，自出版以来，多次重版，成为中国连环画经典，到现在印了1亿多册（套）。

陈钢伟是一名连环画收藏家，因为从小对连环画的热爱，1998年他关掉了手头上正赚钱的灯具店，开始一门心思从事连环画收藏工作。他记得早些年《三国演义》画几本出几本，书一上市，就会被三国迷们一抢而空，不久就要重版。

所以，要攒齐一套《三国演义》并不是件容易的事。当时是一本一本“跳着出”，一边买一边还要做记录——哪一本买好了，哪一本还没有配，哪个新华书店有了，就到哪个新华书店里面去。

在《三国演义》刮起的这股旋风里，大家都伸长了脖子，望眼欲穿地等待着每一册连环画的出版。那时候，没有看过文字读本的《三国演义》很平常，但是不知道这套连环画的人几乎没有。

梁大明回忆说：“当时从看第一本到看最后一本相隔了较长一段时间，天天等着，心情比较焦急。希望早点来、早点到，拿到书以后，又不舍得一下子看光。”

可以说，那个时候下至平民百姓，上至国家领导人，都对它爱不释手。毛主席的卫士长李银桥，就曾经在回忆录中提及：还是20世纪60年代，有一天中午，李银桥发现毛主席没有休息，捧着一本《三国演义》连环画在读着，而且还不断发出笑声。李银桥就说，主席你也看小人书？毛主席笑着说，小人书意义大。

《三国演义》连环画，有7000多幅图画，115个人物形象，它云集了上海30多位连环画高手创作而成，描绘了三国战场上千军万马、气势磅礴的景象。王亦秋说：“画刘备要像那么回事儿，要画曹操也得要像那么回事儿。这个要去刻画人物，就非常吃力了。”

连环画家张伯诚曾回忆说：“那么多人物形象都要统一，60册，每个人不能自己画自己的，风格可以不一样，但是形象要统一。”而在葛振纲的记忆中：“甚至于一个香炉，都是从博物馆考证了当时的一个香炉的造型来进行勾画的。”

连环画《三国演义》获得了巨大的成功，以至于后来拍摄电视连续剧《三国演义》，创作人员也参考了这套连环画里的人物造型。

昔日上海街头的小人书摊（上海市档案馆藏）

20 世纪 60 年代，小朋友在少年儿童图书馆听讲座（上海市档案馆藏）

昔日马路上四处可见的小人书摊，租金低廉，特别受孩子们的欢迎

弄堂里厢乘风凉

黄昏，太阳虽然已经下去了，但是地上依然滚烫。很多人家从井里吊上井水，往水泥地上一浇，一股热气噌地蹿上来。等到水干了，地上也凉了。此时，人们便纷纷搬出凳子、椅子、竹榻、席子、帆布床，甚至木板等坐具或卧具，占据了弄堂口、人行道等『风水宝地』。

弄堂里厢“乘风凉”

张云骅　陈莉

那些年，上海人在夏天的头等大事莫过于消暑解热，找个地方乘风凉。当时大家住房往往拥挤，屋中如蒸笼般闷热，再加上空调还未普及，光靠蒲扇、电扇又有些力不从心。每到酷暑难耐之夜，弄堂、人行道上乘风凉的人便越聚越多。当时躺椅几乎成了家家户户的必备用品，当然还有竹榻、门板、小板凳和帆布床。

弄堂里的“自来风”和高楼下的“穿堂风”，吹散人们一天的疲累，和邻居谈笑间也忘了恼人的炎热。这些许多上海人曾经历过的夏日往事，留下了一段段让人回味无穷的记忆。

夏夜风景线

上海话中没有“乘凉”“纳凉”一说，而用“乘风凉”来指代夏夜消暑纳凉的休闲活动。在老上海人常见的居住环境中，可以借助的树荫有限，居民家里有电风扇的也不多，更别说空调了，所以通常纳凉都在户外，在弄堂口、在马路边，只为了借乘一些“自来风”“穿堂风”，所以是“乘风凉”。

解放前的上海，每到酷暑难耐之夜，居民们往往走出屋外，乘风而凉，当初人们大多在自家的阳台、花园和弄堂内乘风凉。

到了20世纪五六十年代，人行道上出现了乘风凉的人群，吃饭的、打牌的、讲故事的，林林总总构成了一道夏日夜晚的风景线。到了20世纪七八十年代，夏季的夜晚，弄堂、人行道上乘风凉的人越聚越多，当时躺椅几乎成了家家户户乘风凉的必备用品，当然还有竹榻、门板、小板凳和帆布床。乘风凉时最开心的莫过于放暑假的小朋友们，不少人还记得小时候唱的童谣：“冬瓜皮，西瓜皮，啥人勿唱老面皮。”

直到20世纪90年代，每到赤日炎炎的夏日，上海的弄堂里、高楼下、人行道上、苏州河边、黄浦江畔，还到处都有纳凉消暑的人群。

黄昏，太阳虽然已经下去了，但是地上依然滚烫。很多人家从井里吊上井水，往水泥地上一浇，一股热气噌地蹿上来。等到水干了，地上也凉了。到此时，人们便纷纷搬出凳子、椅子、竹榻、席子、帆布床，甚至木板等坐具或卧具，占据了弄堂口、人行道等“风水宝地”。

当时，躺椅几乎成了家家户户乘风凉的必备用品。那时候的躺椅很多都是自己动手做的，可谓各色各样。有时候找不到木头，就用竹子、竹片，中间用从自行车轮胎上剪下来的橡胶片垫着，再用螺丝一个个拧上去。

乘风凉之前，先用冷水把躺椅浇一浇，擦擦干。到太阳落山，往上面睡下去，舒服得不得了。

蒲扇轻摇

洗完澡吃晚饭，接着乘风凉，这几乎是当年上海人夏日里的固定作息。

在居住条件非常有限的年代，乘风凉前的洗澡，就是简单的冲洗。许多男同胞甚至就在弄堂里拿着水管，或端着脸盆用凉水往身上冲一冲。洗好澡的小朋友，身上都会被家长扑上白白的痱子粉或涂上香香的花露水，这种只属于夏天的味道，散发在乘风凉的人群中。

然后开始吃晚饭。有些家庭会在院子中、弄堂里、人行道上搭台吃饭，晚风中大快朵颐，也算惬意。大人把桌椅放好，家里烧好的菜，全部搬上台子。冬瓜、毛豆、红烧肉，人家统统都看得到，真的是没有一点点隐私。有时候自己有点好吃的，还会夹给隔壁邻居小孩一块解解馋。

饭吃好，一人一把扇子，就在门口乘风凉了。那时候乘风凉的扇子大多数是蒲扇，由蒲葵的叶和柄制作而成，面大而轻，是上海人乘风凉时的标配。家庭主妇们还会用布条包边，延长其使用寿命。

过去没有冰箱，但是有井水。西瓜“叭嗒”扔进去，两三个小时以后，乘风凉的时候，就捞出来吃。比现在冰箱里开出来的还要好吃，还要味道灵。

四大“风口”

上海曾有四大著名“风口”——南京路上的国际饭店、中百一店，外滩边上的上海大厦，还有长乐路上的老锦江一带。

过去的三伏天，若在别处，那叫等风凉，到了这四大“风口”，才是真正的乘风凉。因为大楼附近“穿堂风”特别明显，所以大楼下面，可以说是乘风凉的最佳位置。

20世纪70年代前，24层的国际饭店曾是上海最高建筑，饭店楼下的黄河路便是当时乘风凉的热门之地。

徐女士就住在国际饭店“贴隔壁”的黄河路上，她证实，“风口”的确存在过。那是她“小时候的事情”了，“吃过晚饭，附近几条弄堂的人都搬把躺椅出来乘风凉，吹着凉风就这么睡着了，很惬意”。

隔街相邻的上海市第一百货商店，也是人们纳凉消暑的好去处，曾居住在附近的人，清晰地记得当时店门口和店边上的六合路，到处都是乘风凉的人群。

中百一店前面有几级台阶，人们就坐在台阶上乘风凉。那时候中百一店有空调，冷气出来刚好可以蹭一点，吹着很舒服。

除了高楼大厦，外滩的防汛墙边也是人头攒动，那里大多是成双作对的年轻恋人。情人墙上是没有空位置的。特别是大热天，人头攒动，摩肩接踵。拥挤中却又保持着颇有分寸感的秩序，一对一对，彼此互不打扰。

乐在其中

过去上海人的乘风凉，像一个大派对，有道具、有场地、有食物，还有各种活动，人们乐在其中。

人们除了聊天，还喜欢四处打量，管管别人的闲事。特别是有不熟悉的生面孔走过来，更能够引起他们的兴趣。有人回忆说，年轻时推着自行车到丈母娘家里去，碰到热天，真是难为情。进去就等于像走T台，旁边人像评委，大家看着，评头论足。

20世纪70年代，上海各大工矿企业注重防暑降温工作，工厂里会给在高温下作业的职工提供酸梅汤和盐汽水。大人都不舍得喝，省下来晚上带回家，给小孩喝，第二天空瓶再带回单位去。

乘风凉时玩得最多、参与度最高的活动非打牌和下棋莫属，输家会得到小小的惩罚，最多的就是刮鼻子。

20世纪70年代，电视机还是上海人家稀罕的家用电器。盛夏之夜，一台电视机旁会围坐着许多看电视的人。电视虽是黑白的，但也被围得里三层、外三层，声音要调到最响才行。

自带“空调”

“上海传统的石库门老建筑本身就是一个‘空调系统’，可惜，被现代建筑借鉴的不多。”从同济大学毕业后，一直从事老建筑保护研究的林维航如是说。

他表示：“石库门的墙壁特别厚，薄的37厘米，厚的50厘米，用的是空心砖，热空气通过时有足够的冷却空间，再加上层高一般可达3.5米，室内更觉凉快。而现代建筑，墙壁通常用钢筋混凝土浇灌，导热性很强，外墙被阳光一晒，房间里头的温度马上就高上去，而且层高普遍控制在2.8到3.0米之间，也不利于散热。”

在石库门的“空调系统”中，最核心的部位是露天的天井。

天井中的空气经阳光加热后上升，在其下方形成真空区域，从屋内吹出的冷空气补充其中，就形成一个对流的循环系统。所以，太阳晒得越厉害，天井里反而越凉快。

林维航表示：“可现代建筑中极少有类似的空间设置，只能用空调营造人工的清凉环境。结果，屋里舒服，屋子外面成了一只大蒸笼。”

如今，随着人们的住房环境改善，以及电扇、电视机、电冰箱特别是空调进入千家万户，马路上、弄堂里乘风凉的人群开始减少，但往昔和街坊邻居们一起谈天说笑乘风凉的记忆，就像夏天里吹拂的风，不仅给人们带来了清新与惬意，也蕴含着那个年代人与人之间的浓浓温情。

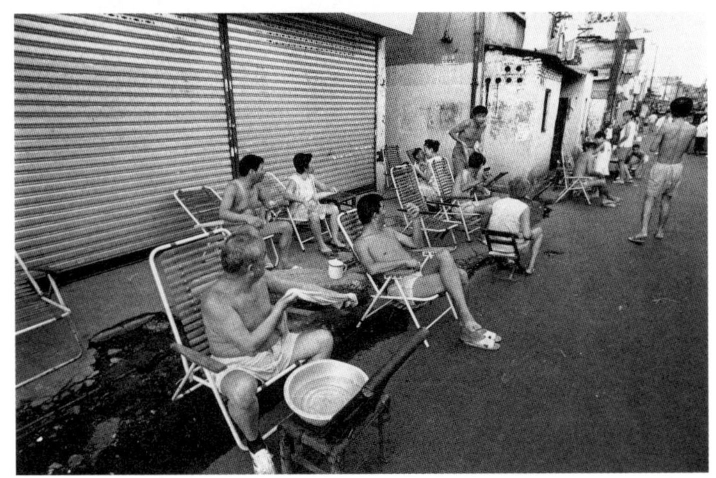

1. 1982 年夏日的上海街头，大街小巷都出现了出售西瓜的店摊，满地堆放着西瓜，让顾客任意挑选（《新民晚报》图，摄影：周铭鲁）

2. 1995 年夏，在人民广场喷水池嬉戏玩耍的孩子们（《新民晚报》图，摄影：周铭鲁）

3. 1998 年夏，在弄堂里乘风凉的人们（摄影：陈泰明）

福康里
文匯報

『栀子花，白兰花，栀子花，白兰花……』吃过早点，卖花姑娘吴侬软语的叫卖声远远地传过来，很是好听。在老上海独有的记忆中，卖花的姑娘始终都留存着那一缕醇香淡雅，她们出没在电影院门口、大广场前，手挽篮筐，篮里头的花整齐排放着，一条湿毛巾搭在上面，花就不容易蔫掉。

逐渐远去的叫卖声

曾凡荣　李婷

“桂花赤豆汤”“白糖莲心粥”……过去的上海弄堂里，每当响起小贩的叫卖声，家门口便会迎来糕点、糖粥、馄饨等多种多样的美味，引得孩子们垂涎欲滴。除此之外，也可见各个行当师傅的走街串巷，补碗、修棕绷、磨刀、扦脚……

弄堂里由远及近的叫卖声，此起彼伏、声声入耳，仿佛带着一种浓厚的韵味，伴随着上海市民度过了一个又一个春夏秋冬。随着旧改与城市化建设，弄堂里的叫卖声逐渐远去，也成为烟火气满满的城市味道，留在许多人的记忆深处。

晨光交响曲

19 世纪下半叶至 20 世纪初，随着石库门在上海的大规模兴建，弄堂里便有了小贩们或高亢或低沉的叫卖声。

清晨，伴随着海关大楼的钟声，弄堂里传来了“马桶拎出来”的声音，接着一阵阵哗啦啦刷马桶的声音，有人说这是弄堂叫卖声的序曲；接着大饼油条、老虎脚爪的叫卖声在弄堂口不断回响，还有胸前挂着木匣叫卖方糕茯苓糕和黄香糕薄荷糕的；各种叫卖声此起彼伏，居民们并不感到聒噪，因为这些叫卖声能给他们的生活带来便利。

表演艺术家、译制导演曹雷小时候家住虹口的永安里，对于上海清晨的声音，她是再熟悉不过了。伴随着有轨电车的铛铛声，一阵响亮的叫声从上海的老弄堂里传出来：“拎出来！”的叫声惊醒了居民们的好梦。而那些前楼阿姨、后楼好婆、亭子间嫂嫂张开惺忪的眼，迅速钻出被窝，习惯地拎了马桶，直奔粪车旁，接着是一阵阵哗啦啦刷马桶的声音。这些声音未免有点煞风景，却有如晨间序曲一般，也曾是上海人日常生活中必不可少的部分。

曹雷依然记得当年从戏剧学院毕业时参加演出的话剧《上海屋檐下》，当时导演朱端钧先生就提出，整个话剧不用音乐来衬，就用上海弄堂的叫卖声来表现石库门弄堂从清晨到半夜一整天时间的转换。“那么这个叫卖声哪来呢？朱导说你们自己去学，你们到街上去听去学。因为这些叫卖声没有现成的录音，我们都是由同学在戏里头轮流，这场戏你不上场，你就在后台负责叫什么声音，大家分工……几个上海籍的学生对叫卖声从小有印象，特别注意去搜集，就这样搜集了一套从天亮到半夜的上海街头的叫卖声。”

石库门里弄房屋与老城厢里的明清式民宅混杂在一起，条条弄堂都有小贩们出出进进，还伴随着高高低低的叫卖声。他们卖食品、杂货，也有收卖旧货、修补东西的，流动频繁。

天南地北声

上海这个城市确实海纳百川，四方杂处，所以叫卖声里边还带着上海周边各个地方来的人的口音。“大饼油条”“老虎脚爪”“麻油馓子”……居民们早上洗漱忙活完毕，收拾妥当，吃早饭时，各色餐点就早早地挤进弄堂里。从叫卖声的口音中，能辨认出麻油馓子、脆麻花是苏北人来卖的。

“方糕茯苓糕”“定胜糕薄荷糕”……胸前挂着木匣，小贩一只手捧着叫卖。糕团店不是条条马路上都有，而且是冷食，居民图方便，生意还不错。鲁迅先生在《弄堂生意古今谈》中怀念 1920 年代他初到上海时，闸北一带弄堂内外叫卖零食的声音，他认为那些口号既漂亮又具艺术性，使人“一听到就有馋涎欲滴之慨”。

除了苏州点心，广东点心在上海的弄堂里也占有一席之地。咸煎饼、白糖伦教糕等具有浓郁岭南风味的小吃，经过广东人富有特色的叫卖，又香气四溢地飘满石库门弄堂的各个角落。

白糖伦教糕被称为岭南第一糕，非常有名。据原裕洪里居民王国杰介绍，广东顺德有个伦教镇，这个镇上有一个点心店专门做糕点，这个糕开始是不甜的。有一次老板蒸糕的时候，手里面的黄糖不当心撒在糕上面了。他担心这个糕跟平时做出来的不一样，可能卖不掉了。结果顾客品尝后说这个味道比以前的好。后来，他把黄糖改成白糖，采用当地的泉水和精细优质的白面，这就是白糖伦教糕的由来。

各显神通

“栀子花，白兰花，栀子花，白兰花……”吃过早点，卖花姑娘吴侬软语的叫卖声远远地传过来，很是好听。在老上海独有的记忆中，卖花的姑娘始终都留存着那一缕醇香淡雅，她们出没在电影院门口、大广场前，手挽篮筐，篮里头的花整齐排放着，一条湿毛巾搭在上面，花就不容易蔫掉。佩戴白兰花的习惯是苏州人带进上海的。那时香水还是个奢侈品，白兰花自然清新、价廉物美，很快受到女士们的青睐。

白兰花的香味被称为“老上海味道”。直到今天，上海闹市的马路边、地铁旁，仍然能看到摆个小摊低头串花手链的老奶奶。这些老奶奶带个小凳子，一个竹篮、一块蓝布，上面整整齐齐摆着花朵。两朵白兰花用白线扎好，用铅丝两头各穿一朵，中间一拧，留下个小拇指大的线圈，刚好可以别在扣子上，原生态的香味阵阵飘来。

上午九十点钟，弄堂里的年轻人都去上班了，只有年长的留在家里，这时各种修理物品的叫卖声开始响起，错落有致地在弄堂蔓延开来，“阿有坏额藤绷棕绷修哇”“削刀磨剪刀”……一般修补行业不是上海本地的，外地人比较多一些，特别是江浙一带的人集聚比较多一些。

稍稍有点年纪的上海人，年轻时大多睡过棕绷床。棕绷床有极好的韧性，防潮通气、修理方便，尤其适合潮湿多雨的江南。但棕绷床的棕容易松动和断裂，这就催生了一批以修理棕绷为业、走街串巷叫卖的手艺人。修棕绷的工艺并不是很复杂，对于会“做人家”的上海人来说，学着修棕绷老师傅的手法自己修理，也并非难事。

到吃午饭之前，往往有磨刀的，因为人家要做午饭了，发现菜刀钝了要找人磨了。磨刀手艺人中，苏北人比较多，与《红灯记》里面的“磨剪子嘞，戗菜刀”京帮吆喝不同，他们的吆喝声是带着口音的“削刀磨剪刀”。

削刀磨剪刀的工具比较简单，一个前低后高的长矮凳，凳上前端钉一个木块或者铁档来固定磨刀石。后面有一个活动的长铁配，以固定菜刀之用，铁配的前端穿过凳面进行固定，铁配的后端留有拴绳的孔洞。使用时，绳子穿过凳面上的洞孔用脚踏紧。其他的就是磨石、水罐等必备工具了。

在以前，不管是城里还是乡下，人们从早晨睁开眼睛开始，直到晚上睡觉，都离不开各种大小的木桶。这些盆盆桶桶，多数是新娘子出嫁时的陪嫁品，通常要刷红漆，至少也要上桐油。那时候，要置备这套生活用具是一笔不小的开支，所以用起来很是仔细。木头盆用的时间长了以后会渗水，旁边箍的那个铁圈也会生锈，继而断了或散了，需要手艺人将破漏或爆散的木桶重新箍好，这就叫“箍桶”。

箍桶遵循从上到下、从里到外的步骤，共有四十多道工序，较早从事这个行当的多是宁波人。使用什么样的桶箍则可以反映出这户人家的生活水平，好一点的是铜的箍，中档的是铁的箍，差一点的就是用竹子箍了。

此外，修阳伞、补碗、收旧货等叫卖声也赶来凑热闹，汇集在一起错落有致。有需要的居民会把各种破损的东西拿出来让师傅们修补，于是家门口、弄堂边出现了一个个临时的修理摊。

摹声点睛

到了中午时分，居民们吃好午饭，大多有午睡的习惯，原本喧闹的弄堂也瞬间变得安静起来，偶尔几声应时的叫卖，也为弄堂午后的小憩增添了些许情趣。无论是居民还是小贩，大家都在“养精蓄锐”，因为下午还会有更热闹的弄堂，更为应景的叫卖声。

“笃笃笃，卖糖粥，三斤蒲桃四斤壳，吃侬格肉，还侬格壳……”老上海人每次听到这首童谣总能勾起童年的往事。那些在弄堂里挑着担子卖糖粥的身影，担子飘出的热腾腾的香气，还有那些为了招徕小孩子的叫卖声，总会萦绕在耳边，挥之不去。

每日的下午时分，阿婆、阿姨们开始坐在弄堂口，一边做做针线活，一边东家长西家短地闲聊时，卖零食的小贩们就开始一个个登场了。到了三四点钟，尤其是孩子们放学后，弄堂里各种小吃、零食的叫卖最为热闹。

每到入秋以后，上海的弄堂里会出现一些挑着担子卖炒白果的小生意人。一个泥炉子，一个铁锅，一把锅铲，白果则装在担子另一头的木桶里。他们边炒边唱：“热白果，香是香来糯是糯，一粒开花两粒大，两粒开花鹅蛋大。”动听的叫卖声、哗啦啦翻炒白果的声音，再加上炒白果时特有的香味，往往会引来过往的行人。炒熟的白果肉质软嫩可口，在原祥康里居民刘骥脑海中挥之不去：“要吃白果就来数，一分钱几颗。还有最后的承诺，有一粒苦的，一颗换四颗。”

上海弄堂的叫卖声还会运用拟声词，来凸显食物的口感和味道。“咕啦啦啦三北盐炒豆……”三北盐炒豆是浙江慈溪一带的特产，因其独特的叫卖在上海的弄堂里尤其受到小孩子的青睐。无锡人卖豆腐花的叫卖声最简单，就一个字“唔……”卖臭豆腐的小贩，在叫卖时会把“臭”字拉得特别长。

说到由叫卖声演变而来的歇后语，大家最为熟悉的还是“江西人补碗——自顾自”。补碗人的行头，就是一副小挑子，小挑子的两头是箱式小柜，小柜约有两三层抽屉，里面装着补碗的工具。这个“自顾自”是补碗过程当中发出的一种声音“嗞咕嗞”演化而来。

“新三年，旧三年，修修补补又三年”，是过去物资匮乏年代的一句流行语，上海人更是把这句话发挥到了极致。家里的东西坏了，绝不会一扔了之，总要想办法去修。但很多东西是自己修不了的，因此那个年代弄堂里走街串巷手艺人简直是五花八门。

岁月如梭

寒来暑往、四季更迭，弄堂里的人们在叫卖声中满足着自己的衣食住行。随着季节的变化，弄堂里还会出现各种“应时”的叫卖声。比如到了夏天卖西瓜，在马路边上支一个桌子，一大堆西瓜旁边是一个大桶。桶里边是刚刚从井里吊出来的井水。那个时候少有冰箱，井水凉凉的，代替冰箱把西瓜冰得冷一点，然后把西瓜放在台上，一边切一边就吆喝了。

弄堂口，熟悉的身影推着一辆自行车缓步而来，后座绑着大大的用棉被盖着的木箱子。孩子们围着蹦着，他们知道箱子里的是炎炎夏日里能给他们带来幸福的棒冰。对于几代上海人来说，盐水棒冰、赤豆棒冰、绿豆棒冰，已经深深地印在了童年的记忆中。

弄堂里还有一种深受小孩子欢迎的行当，那就是爆米花。着急的孩子会自发集结成一队，到弄堂口跑来跑去打听。等老大爷在弄堂口的空地上摆好摊，“爆米花”的吆喝声还未响起，孩子们就已经迫不及待地从家里涌了过来。最后见爆米花的老伯伯站起身，开始拖起爆米花炉后边的大袋子，孩子们会心领神会地把手紧紧地捂在耳朵上，等待那一声巨响。看着小小的一桶米爆出来以后成了大大的一脸盆，小家伙们别提有多开心。

爆米花全国各地都有，但对于上海弄堂里长大的孩子来说，他们还有一种新花样：爆年糕片。心细的弄堂主妇会多买一些年糕，把它切成片，然后晒干，留给自己的小孩子爆年糕片之用。

夕阳西下，弄堂的夜幕降临了。放学的孩子们早已回到家里吃晚饭，原本喧闹的弄堂又变得安静起来。到了深夜，各种卖夜点的叫卖声又会响起。“桂花赤豆汤”“白糖莲心粥”“猪油夹沙八宝饭”“火腿粽子”“五香茶叶蛋”，夜晚弄堂的叫卖声相比白天又有不同的韵味，叫卖者将声音控制到不惊醒正在酣睡的人们，又能让醒着的人听得到。

夜深人静，卖夜点的人陆续收摊回家，但弄堂叫卖声并没有落幕，因为此时还会有深夜里的赶路人。“檀香橄榄，一粒能含一里路……”当悠长凄怆的声音远去，这一天才算谢幕了。

几年前，在上海弄堂长大、后定居苏州的刘骥经过整理和发掘，将“姑苏吆喝”申报为苏州市非物质文化遗产，被列为非物质文化遗产的还有“京城吆喝”和“津门吆喝”。而在上海，石库门弄堂正在逐年减少，那些曾经伴随几代人成长的叫卖声也难觅踪影。昔日悦耳动听的叫卖声，如今也只能从戏曲、话剧或海派滑稽戏中找到一丝踪影了。

1991 年，上海南市区老城厢。这里每天“晨曲”的第一个音符便是生煤炉（《新民晚报》图，摄影：徐福生）

1994 年，修棕绷（摄影：龚建华）

1994 年，磨刀匠（摄影：龚建华）

绿波廊
茶
湖心亭

人们为了祈求城隍老爷保佑一方平安，烧香磕头，香火很旺，城隍庙的周围便逐渐形成了庙会集市。

当年阿拉“白相”城隍庙

吴琼　昂俞暄

城隍庙是许多老上海人孩提时的乐园，庙门口高耸入云的旗杆、九曲桥、豫园大假山，还有小动物园里的鹦鹉学舌让人捧腹大笑，春节的城隍庙真的逛不够，看不厌。有人说：“南京路、外滩的景再嗲，也取代不了城隍庙在上海人心中的地位。”

虽然随着时代的变化，许多记忆已渐渐淡去，但传承至今的元宵灯会依然红火，看灯是上海人过年最喜闻乐见的活动，而城隍庙每至元宵则常是笙歌灯彩，一派欢乐景象。

人山人海

城隍庙的悠久历史可追溯到元朝，当时上海正式建县，庙址在如今的永嘉路上，因庙内有一口井，故人称淡井庙。明朝嘉靖年间上海开始修筑城墙，将庙址迁到了现在的方浜路。人们为了祈求城隍老爷保佑一方平安，烧香磕头，香火很旺，城隍庙的周围便逐渐形成了庙会集市。

历史上城隍庙曾三次受战乱重创，1922 年到 1924 年间，又三度遭遇大火，整座庙宇几乎化为废墟。抗战爆发后，随着上海的沦陷，城隍庙一带市井萧条，庙会自然无法维系。直到 20 世纪 50 年代，庙会才逐渐“香火重燃”，各方生意人和艺人纷纷云集，日益热闹。

施海根和林学鹏两位老人都是城隍庙豫园商场的退休职工，往年春节期间城隍庙的游人如织令他们印象十分深刻。林学鹏老人至今难忘城隍庙人山人海的景象：“城隍庙热闹得不得了。当时的公安、消防指挥部就在我们豫园地区最高的楼上，我也在上面值班，从上面看下来正好是九曲桥，黑压压的一片人。”

春节期间在城隍庙游玩的人群中，很多人都是穿着鞋走进去，赤着脚走出来的。提起这些，施海根老人回忆道：“因为人多，一个一个鞋子都掉了，后面跟着捡了，第二天豫园商场里捡了两箩筐的鞋子。”

早年住在上海老饭店旁的谢善同记忆犹新：“平时你下来玩，这天不敢下来，挤不下来，被人家推着走了。”人山人海之中，小孩只能骑在大人肩上，作家沈嘉禄当年也还是个孩子：“我所看到的就是前面大人的背，所以蛮可怜的，只能从人缝当中看到一些东西。”

那么，大家都挤着去城隍庙凑什么热闹了呢？滑稽戏演员徐笑灵在城隍庙“白相”了几十年，除了会模仿当年“小热昏”说唱吆喝叫卖梨膏糖，他还把“猴子耍把戏”的场景还原得惟妙惟肖：

“为了糊口奔四方，正巧路过了响叮当。猴子这样转，打开了柜，揭开了箱，你把那李氏三娘装一装。那么一个猴子，拿个老太太的头套一套，我来了，我来了。来到后来它不来了，那么有人问了，为什么不来啦？说好了的，要讨钱了，各位老板捧捧场，有钱的钱帮忙，没钱的腿帮忙。耍把戏的叫大家不要走，要付钱了。”为了看“猴子耍把戏”，

还有背着孩子的父亲不慎被偷去了手表。

除了热闹的“猴子耍把戏”，还有卖拳头卖药的人。作家杨忠明回忆童年趣事说：“山东人卖拳头，很冷的天，样子一做，打几套拳。一打许多人围过来，他拿起一块砖头，啪一斩，半块砖头落下来。卖拳头卖药的人，不高兴小孩占据位置，小孩挤啊挤的捣蛋。那时候很多小孩穿开裆裤，山东人说，你们这些小赤佬，穿开裆裤的流鼻涕的走开点。一只拳头挥过来，吓得我们小孩都跑掉了。”

看西洋镜

城隍庙各式各样好玩的东西，最能吸引孩子们和年轻人的眼球。

资深媒体人张景岳至今还记得“武松打虎”的拉力机：“年轻人么身强力壮比力气大，用力朝上拉，它有一排灯泡，武松的帽子上面有一盏灯是最高的，如果你拉拉拉，灯不停亮上去，亮到帽子顶上，大家都拍手叫好啊。”一般人只能拉到老虎身体上的灯，偶然会有一两个大力士，把最顶上的灯拉亮了，伴随着音乐、喝彩，这对孩子来说吸引力可不小。

孩子们喜爱的还有拉洋片。拉洋片又叫看西洋镜，徐笑灵老人说：“就是有个柜，里面有三到四个洞，他也要唱的，‘往里那个看嘞，我说往里那个瞧，要看那个猪八戒在河边来洗澡。’那么小朋友肯定叫妈妈，说‘我也要看’，主要是小孩子在看的。”

说起拉洋片，林学鹏也颇有感慨：“小时候到城隍庙来，一两分钱就可以看拉洋片了。讲林冲夜奔，武松打虎，小时候又没有电影，更没有电视，到这里来就当看小电影。现在的和以前内容差不多，但是高科技了。原来就一张张片子，讲一个小故事。现在片子里面有光电效应，进步很多了。”

城隍庙的春节不仅是孩子们的狂欢节，也是文化人的休闲节。“白相城隍庙”不能忘了一个好去处，就是豫园。豫园是上海保存最完整、规模最大、历史最悠久的江南古典园林，其中亭台楼阁，名花珍木，“有山可樵，有泽可渔”。

它是明嘉靖年间的潘允端为孝敬双亲而建，为此，他花费了二十年的时间和心血，聚石、凿池、构亭，筑成了一个江南名园。漫步其间，隐没的角落都可读出历史的细痕，曲径通幽处尽是浓浓的古典味。春节期间“白相城隍庙”，实际上就在不知不觉中受中国古典文化和传统文化的熏陶。所以，“雅俗共赏，老少皆宜”正道出了“白相城隍庙”的精髓所在。

张景岳先生还记得当年自己一走进豫园，就为眼前的景色所吸引：“1964 年我 17 岁，跟我侄女一起来的。那天真是人山人海。大家都要爬假山。假山不大，但走得是千回百转，不得不佩服这个假山搭得很奇妙。峰回路转，不停地转转转，总算看到了望江亭。原来造这个亭子的时候，能够一直看到黄浦江的船影。但是我们 1964 年上来的时候，只能看到外滩的建筑，黄浦江的船已经看不到了。”

玩具天地

对于不少已步入中老年的上海人来说，春节“白相城隍庙”已是儿时印象，而那充满欢乐的童年往往是和玩具挂钩的。

曾在城隍庙摆摊的付伟民先生，对当年城隍庙卖的京剧脸谱津津乐道：“现在叫京剧脸谱，小时候都叫‘野糊脸’，有京剧里面的张飞、关公，还有曹操，各色各样都有。”这种“野糊脸”不是塑料做的，而是用硬板纸做的，两侧有橡皮筋，堪称城隍庙的一大特色。而九曲桥畔的三个大型玩具摊前格外热闹，售卖孩子们心爱的上百种玩具，龙刀、龙枪应有尽有。

“江南灯王”何克明的孙子何伟福谈起童年往事说：“大人带我到城隍庙，这是最高兴、最开心的事情，城隍庙给我的印象就是热闹非凡，尤其是小孩子的天地。小孩子到了城隍庙都不肯走，一定要叫大人用钞票的。”

徐笑灵老人说：“家里条件不是很好，不肯买也有的，小鬼造反啦，没钱还硬要买。后来怎么办，等会走回去，电车也不要乘了，节约下来。”

说起买玩具的情景，张景岳历历在目：“记得小时候，我到了玩具摊位面前就不肯走了，各种各样的玩具，都很好玩。特别男孩子喜欢什么十八般武艺，所以我赖在那边，家里就给我买了一把宝剑。我到现在还记得那把宝剑还有剑鞘可以拔出来，高兴得不得了。又有一次买了一把像程咬金用的那个斧头。”

那时的城隍庙可谓是玩具的集散地，扯铃、汪汪铃、宝剑、木头刀……繁多的品种让孩子们挑花了眼。孩子们在城隍庙买到心仪的玩具，回家后就和“流鼻涕朋友”玩起了弄堂游戏。如今年过半百的人，当年穿着开裆裤，在弄堂里打弹子、刮香烟牌子、滚铁环，道具很简陋，却玩得很来劲。

只是现在，那个年代流行于城隍庙的许多玩具大都已经消失。杨忠明对儿时的玩具仍然情有独钟，有的小玩意买不到了，他就会自己动手：“‘贱骨头’小时候小孩都喜欢玩的，大部分都是自己削的，家里面有时候一根很长的拖把柄，已经半段了，割开来拿把刀削好之后，去问人家修脚踏车的人讨一粒弹子，钻个洞洞眼，拿铅丝煤炉上面烧一烧，用榔头敲进去，没有榔头，拿块砖头敲进去。削得要匀称。如果削歪掉了这个‘贱骨头’转不成功的。随后这样抽，大冷天抽得浑身是汗。”

八方小吃

除了大年夜在湖心亭喝上一碗放檀香橄榄的元宝茶，宁波猪油汤团、八宝饭、开洋葱油面、两面黄、鸡鸭血汤、桂花糖粥等等都是城隍庙味美价廉的特色小吃。

杨忠明记得在庙门口两旁搭着帐篷，里面有馄饨、汤团、排骨年糕，只要是讲得出的东西在这里都吃得到。

徐笑灵老人绘声绘色地说："那时候小朋友不得了，吃东西，眼睛像豁西（上海话指闪电），筷子像雨点，嘴巴像簸箕，吃起来快，一歇歇辰光没有了。"

张景岳对南翔小笼尤其赞赏："城隍庙的小吃可以讲是上海滩闻名的。我记得到城隍庙来以后，中饭不吃的，都是这个摊子吃一点那个摊子吃一点。印象最深的呢，倒是那个九曲桥，湖心亭边上的南翔小笼包子。不论我小时候或者现在，每次来都是排队，因为它是上海最有名的特色小吃，皮薄馅子鲜，一咬就是一包肉汤。真叫人馋涎欲滴。"

对于城隍庙的美食，作家沈嘉禄先生曾写过：假如没有小吃，城隍庙的欢乐气息将会减少许多，特别是在今天，经过岁月淘洗而沉淀下来的数十种上海小吃已经构成了一种城市记忆。

"城隍庙还有一个鱿鱼大王，把发好的鱿鱼放在油锅里一炸，炸好了以后呢，马上放在盘子里，然后浇上酱汁这样吃，非常嫩，价钱也不贵。还有呢，给我印象比较深的就是荷花池旁边，过去叫湖滨美食店，它有一个葱油开洋拌面。我工作以后，凡是到城隍庙吃早点，它是我的首选。三两葱开一碗双档，很简单。人家一看就知道你是老吃客了。”

城隍庙的小吃是随着城隍庙庙市的兴盛而发展起来的。由于上海是一座移民城市，在漫长的岁月中，随着大量移民涌入老城厢地区，他们也把各地的风味小吃带进了城隍庙。这其中，就有良乡糖炒栗子。

徐笑灵说：“城隍庙春节，有时候要吃糖炒栗子，糖炒栗子也要唱，‘炒良乡，话良乡，我们这里的良乡是重糖炒的’。这样一唱，人家知道这里是卖良乡栗子的。旁边卖白果的朋友抢生意，‘生炒糯米油白果，香是香来糯是糯，一粒开花两粒大，两粒开花鹅蛋大。一角铜钿买十颗，买十颗来送一颗’。”

糖粥也是城隍庙的特色，对开的糖粥叫鸳鸯，一半是赤豆的糖粥，一半是白的糖粥。沈嘉禄对之赞不绝口：“他给你拼起来，甚至于给你拼成一个像太极图一样的。你想这么价格低廉的糖粥，他给你做的也是这样赏心悦目，所以过去的手艺人是非常敬业的。”

在老城隍庙，还有一颗名号响当当的豆子，它就是“一粒入口，回味无穷”的五香豆。在许多人看来，“不到老城隍庙尝尝五香豆，就不算到过大上海”！

过去装五香豆的袋子上还印着“老城隍庙奶油冰糖五香豆”，徐笑灵老人也还记得五香豆的吆喝：“冰糖、奶油、五香豆，五分钱卖一包，我们奶油五香豆，就是味道好。”别看五香豆不起眼，却被作为馈赠亲友的特产。沈嘉禄当年有四个哥哥在外地，过年到上海来，临走的时候都会带一些五香豆回去。当时买五香豆还要排很长的队。他回忆说：“排队要排两个多小时，还限购，每人只能买两包，这个情景蛮惨的，排两个小时买两包给这个哥哥带回去。过几天，那个哥哥又要回去了，再来买两包，很费劲的。”

逛逛城隍庙，吃吃小点心，成了上海人昔日春节里的一种世俗乐趣，城隍庙飘逸着香气的浓浓年味也就此渗透进了人们的心里。

元宵灯彩

上海从清朝末年开始就有到豫园开灯会的习俗，流传至今已有上百年的历史了。每到元宵时节，很多摊贩和商铺都会挂出兔子灯销售。在 20 世纪二三十年代，有一家灯彩店生意特别红火，他的主人就是后来被称为“江南灯王”的灯彩艺术家何克明。何克明以制作仙鹤灯、凤凰灯、孔雀灯闻名，独创立体动物灯彩，形成了独特的江南灯彩流派。其作品曾作为国礼，赠予多国领导人。

“江南灯王”的孙子何伟福回忆自己的祖父时说：“人

家大热天乘凉，扇扇子啊，聊天吹牛啊，我祖父都躲在阁楼里面就是做这个彩灯，很闷很热，那个时候，根本没有电风扇。都是做半成品，比如说做鸡做鸭做鱼，他把骨架做好，鸟的翅膀、鸟的尾巴做好，鸟的身体也裱糊好，但是他不把它们组合起来，因为组合起来装比较占地方。

“他让我一箱一箱把它堆积起来，临近春节，我就到城隍庙去租一个门面，然后在上面拉好铁丝，拉好电线，把这个彩灯一个一个挂上去，气氛就马上出来了，就漂亮了。人家一看，你这个灯做得这么精致，而且琳琅满目，品种丰富，所以那个时候我的祖父在城隍庙里面就出了名，他生意最好，因为我祖父家里是南京人，所以他小时候人家叫他小南京，后来大一点了人家就叫他灯彩何。”

尽管灯彩的品种丰富多样，但在很多人的记忆中，元宵最传统的还是拉兔子灯，俗称溜兔子。元宵时节，天黑之后，家家户户都把兔子灯拖出来，一不小心拖翻了，整个兔子灯就烧掉了。

在张景岳眼中，元宵灯会还有着更深刻的意义：“当年兔子灯也好，走马灯也好，都是民间艺人手工制作的。那么城隍庙的话呢，品种特别多，来了以后眼睛都看花了，而且价钱也不贵，很便宜的。小孩子最喜欢看的就是走马灯，好玩啊，什么三雄战吕布啊等等，这些很有意思的。像这些东西呢，现在讲起来是上海的非物质文化遗产了，所以到春节的时候，大家都来看元宵灯会，实际上是重温我们民族文化传统一个很好的纪念日。”

斗转星移，时至今日，“白相城隍庙”这句话上海人已经不大说起了，但是农历正月十五元宵节“到城隍庙去看灯”正在成为一项颇具时尚感的新民俗。古色古香的城隍庙和元宵灯彩可以说是相得益彰，主题生肖灯流光溢彩，铺洒在这方圆 5.3 公顷的建筑群落之中，更映衬出城隍庙古朴浓郁的风情。

最近这些年来，城隍庙的豫园灯会越办越精彩，越办越红火。传统的民间彩灯艺术，加上现代化的声光电技术，更是把春节的城隍庙辉映点缀得如梦幻仙境，似天上人间。

老画报中的沪上灯会

20 世纪 20 年代的城隍庙九曲桥（上海市档案馆藏）

1957 年春节期间的上海街头，人们围观小贩的扯铃表演（上海市档案馆藏）

1983 年春节期间的城隍庙商场（《新民晚报》图，摄影：范文卿）

城记

贰拾玖
公园

对于孩子们来说，人民公园天地广阔得不得了，去之前开心得睡不着觉，回来以后兴奋了还是睡不着觉。在那个年代，人民公园是儿童玩乐的天地，跷跷板，滑滑梯……公园里的东西要一样样玩过来，要玩到心情舒畅。

人民公园故事多

莫晓斐　晏禾

许多上海人的相册里，或许都会有一张人民公园的留念照，照片的标配背景是国际饭店。位于上海市中心繁华区域的这座公园，曾是沪上最大的公园之一，其前身是跑马厅。上海解放以后，跑马厅改天换地，变成了人民的乐园。1952 年 10 月，人民公园正式对外开放，划船、假山、跷跷板，公园内充满了欢声笑语，特别是到了节假日，这里人山人海，热闹非凡。公园里的游园会、花卉展览总能吸引很多市民游客。

风光如画

上海开埠以后，跑马场曾经两废三建。据记载，1862 年，英国商人把开在租界内的第二个跑马场卖出后，又在今天的人民广场和人民公园的位置开辟了上海第三跑马场，又称“跑马厅”。

1949 年 5 月，上海解放，跑马厅回到了人民手里。上海市人民政府决定把跑马厅的南半部辟为人民广场，北半部改建为人民公园。1952 年 10 月 1 日，由市长陈毅题名的人民公园免费对外开放。这天，许多上海人不约而同从四面八方涌来，在自己的公园里游玩，心里满是幸福和骄傲。

初建成的人民公园面积为 260 亩，山环水绕，假山、凉亭相映成趣，绿树、草坪高低掩映。它同大光明电影院、国际饭店等周边的建筑自然地融合在一起，从高空往下看，像一个很大的盆景。担任上海市工务局园场管理处处长的程世抚带领同事们规划出了一个自然式风格的园林，一走进人民公园，很多游客就会被这个大盆景里的美景所吸引。

当年，一条全长 1265 米的河环绕在公园四周，划船是小朋友最喜欢的一种游戏。今天，小河不见了，但是小船儿推开波浪，尽情欢乐在水面上的记忆仍深深地印在很多人的心中。在这条小河里，一只船，一把桨，大家玩得有滋有味。“最挤的时候两条船相差半只桨，你碰我，我碰你，你那里的水溅到我这里，我这里的水溅到你那里，多少开心。”退休教师陈大虹回忆道。

对于孩子来说，人民公园天地广阔得不得了，去之前开心得睡不着觉，回来以后兴奋了还是睡不着觉。在那个年代，人民公园是儿童玩乐的天地，跷跷板、滑滑梯……公园里的东西要一样样玩过来，要玩到心情舒畅。

自开园后，人民公园游客量始终居高不下，1955 年 1 月 1 日起，从免费改为凭票入园。“人实在太多了，通过卖门票凭票进场，可以相对控制些人流。”人民公园退休员工汤新根说。

国庆游行

那时，家住老西门的葛明铭去人民公园需要走半小时的路，回忆起这段路时，他说只觉得精力充沛，路太短了。而说起参加过的国庆游行，更是勾起了一代人的集体回忆。“我小学五年级的时候，被学校选去参加国庆大游行。”他说，这是很光荣的事情，要提前几个月排练，男生要求上面穿白衬衫，底下蓝裤子、白球鞋，戴个红领巾。

在那个物资匮乏的年代，身上的衣服缝缝补补可以穿上好几年，标配的白衬衫和白球鞋对当时是学生的葛明铭来说不是大问题，但是一条蓝裤子却难倒了他。“以前买条裤子有得穿了，不是今年穿了，明年不穿了，一直穿，一直穿，蓝裤子有点发白了，老师一看，说这个不像蓝裤子，你这是灰裤子，不行不行。回来只好跟妈妈讲。”葛明铭说，妈妈想了个办法，到弄堂口小烟杂店买了包蓝颜色的染料，滚烫的开水冲下去，把裤子放在里面浸半个小时左右，晾干后就成了一条蓝裤子，第二天穿好给老师看，老师说：“很好，可以。”

以往的 10 月 1 日，上海都要举行盛大的国庆游行，那时天已转凉，但是人人热情高涨，早早地前往，等候十点钟游行开始。葛明铭回忆，他早上五点钟就出门了，那时候入秋早，冷得刮刮抖，牙齿上面下面在打架，一直要等到八点钟太阳出来了才不冷，再等到十点钟，正式开始。游行队伍浩浩荡荡地涌来，锣鼓喧天，人们精神饱满，齐声高呼口号。

有人将这称为激情燃烧的岁月，而把春游去人民公园的日子称为假日。回想起来，当年春游时准备的午饭至今香味犹存。“那时候一听到老师说要春游去了，要秋游去了，几天几夜睡不着觉。”倪祖敏记得母亲给他买了一个方的蛋糕，5 分钱。“我把蛋糕放在枕头边，后来老师说下雨了，改期了，推迟了，这个蛋糕放在枕头边，晚上睡觉，诱人的香味飘来，我就用手抠一点，抠一点，两三天就把它抠光了，真要去的时候，我吃光了，没有了，妈妈把我痛骂一顿，然后又给我买了一个。”

“到（春游）这天活动之前，大家兴高采烈，上课兴趣也没了，因为明天要玩了。”李长顺带去春游的午饭是妈妈做的葱油塌饼。“我一定要叫她给我多带几个，我身材高大，胃口好。”

留影地标

小时候，学生春游去人民公园，长大了，碰到分离或团聚，有些人依旧会选择去人民公园。

“我1968年分配进厂，知道大家要分手了，七个女同学到人民公园选了些镜头，拍照片，现在拿出来看看，很留念的。”周小燕说，当时这些同学基本住在人民公园附近，如今只有她还住在这一片。

“我四个弟弟都在外地工作……他们一回来，我姐姐带他们去玩，很多照片都是在人民公园、人民广场一带拍的。”

退休教师梁慕贞说，凡是有外地客人来，都带他们到人民公园，拍照的背景少不了国际饭店。

20 世纪 30 年代，由匈牙利籍建筑师邬达克设计的国际饭店拔地而起，此后，这座高楼成了许多游客在人民公园里留影时首选的背景。

高 24 层的国际饭店在当时被人们称为“远东第一高楼”，并在上海保持最高楼的纪录长达半个世纪，从这座大楼看下去，人民公园别有一番景致。

“小时候很自豪地和同学讲，国际饭店上面你们去过吗？我去过了。”周小燕记得，第一次从十几层楼往下看，看到的车子像玩具小汽车一样，很小很小，人也很小，很是惊讶。

英语角

改革开放以后，中国开启了一个新的时代。为了赶上时代前进的步伐，许许多多的人希望能够尽快提高自己的英语能力。踏进人民公园的人群中，多了一批对知识有着迫切渴望的人。

20 世纪 80 年代初起，每个星期日人民公园人头攒动，学龄儿童、学生、成人和外国游客聚在这里，英语角成为一道特殊的时代风景线。蔡康形象地称之为百度，有什么不懂的马上向旁边人请教。河浜边上一群群人围成一个个圈，每个圈子热烈讨论着各自感兴趣的话题，他们有的是工人、学生、老师，还有一些单位资料室里的翻译人员，外宾也有不少，他们把英语教给中国人，中国人把上海话教给他们。

一个英语角，寄托着多少上海人的知识梦。“中国对外开放，语言是一种必不可少的工具，如果你不抓紧的话，以后再学就来不及了。”胡勤伟习惯在英语角练习口语，在一旁的上海图书馆自学，累了到公园小憩，这成为他那时固定的学习路线。

当时的上海交通拥挤、住房紧张，人民公园地处市中心繁华地区，又紧邻上海图书馆，看书休闲两不误，因此受到许多读书人的青睐。

“三点一线”

人民公园是放松身心的好地方，尤其是在举办花展的那几天，更是人山人海，川流不息。1982 年 11 月举办的中国菊花品种展给很多人留下了深刻记忆。回想起来，五彩斑斓的菊花仍在眼前绽放。

原上海市园林局公园处处长许恩珠记得，当时有 14 个城市参加花展，大家都把各个省市培养的最好的品种菊拿来展出 . 而为了配合展览，园方也特地从上海附近组织了十万盆的菊花，轰动一时。一个月左右的展出时间，来参观的人有 135 万，最高峰的一天接待 9.4 万人次。

到了第二年，也就是 1983 年，公园里举办了漳州水仙花雕刻艺术展，一时间花香满园。1984 年上海市绿化成果展览会，1991 年全国第五届荷花展览，1994 年上海市首次郁金香花展……从人民公园举办的丰富多彩的展览中，游客看到了我国园林艺术的发展。

在那个文化娱乐相对单一的年代，年轻男女约会的场所并没有太多选择，人民公园成了他们常见面的地方。时光流逝，那抹粉色的记忆依然珍藏在很多老上海人的心中。

那时候，谢伟民在上海市总工会工作，下了班之后，人民公园就成了他和女朋友谈情说爱的小世界。人民公园地处繁华地段，附近的餐饮娱乐场所都相距不远。谢伟民亲切地将他的恋爱路线称为“三点一线”，一个是人民公园，一个是人民饭店，一个是大光明电影院。每次见面前，他都会悉心准备，常常提前到公园选个好位置。“西山旁边的荷花池，那边树林也比较茂盛，按照现在的话说起来，环境比较私密，说悄悄话干扰比较少。”

这里说着悄悄话，那里响起了欢乐的乐声，唱歌、跳舞、练剑、打拳，形形色色的活动此起彼伏，人民公园变成了上海市民的乐园。

城市在翻天覆地地变化，人们的生活蒸蒸日上。人民公园陪伴上海走过了 70 多个年头，它见证了这座光荣城市的沧桑巨变，而没变的，一直是公园里熙熙攘攘的人群和一张张欢乐的笑脸。

20 世纪 20 年代的跑马厅及周边（上海市档案馆藏）

1952 年，建成后的人民公园（上海市档案馆藏）

20 世纪 50 年代末，人民公园内的荷花池（上海市档案馆藏）

20 世纪 90 年代末的人民广场（上海市档案馆藏）

红木
家俱
淮海旧货商店
淮国旧

它最初工商登记的大名叫作国营上海市贸易信托公司旧货商店，后来又先后改名为淮海贸易信托商场和五星公司，不过上海人还是习惯于叫它『淮国旧』。

“淮国旧”里寻宝记

邵大星

稍微上点岁数的上海人，大概都对“淮国旧”这个名字耳熟能详。这家 20 世纪五六十年代开设在淮海中路重庆路路口的旧货商店，是当时上海市民心中无可替代的“淘宝圣地”。店里既有徕卡相机、劳力士手表、派克金笔这样普通人难以企及的高级货，又有价廉物美、不需要凭票证即可购买的“等外品”。无论是开开眼界，还是购买紧俏日用品，“淮国旧”都能满足需求，逛“淮国旧”，也成为了许多上海人业余休闲的一种方式。

如今，阔别多年的“淮国旧”重返淮海路，老店新开转型为以二手奢侈品专卖店、景观咖啡和画廊为主体，不再是当年的“旧货摊”，但“淮国旧”附着的个人和城市记忆却一直留在人们的心中。

宝物荟萃

“淮国旧”三个字，点明了它的地址——淮海路上，所有制性质——国营商店，经营范围——卖旧货为主。高度概括，口口相传。其实它最初工商登记的大名叫作“国营上海市贸易信托公司旧货商店”，后来又先后改名为“淮海贸易信托商场”和“五星公司”，不过上海人还是习惯于叫它“淮国旧”。

翻阅旧报纸，1954年9月29日出版的《解放日报》上登载了一则开业广告：国营上海市贸易信托公司旧货商店将于1954年9月29日开业。这一天离新中国成立5周年的国庆节还有两天时间。

笔者找到了“淮国旧”的几位老职员采访。傅正亚老人是“淮国旧”第一代老职员，当时只有23岁；另一位老人丁沪生曾经担任“淮国旧”副经理。他们向我讲述了“淮国旧”创办之初的点点滴滴……

1949年，上海解放了，新生的人民政权面对的是一个百业凋敝的烂摊子，而接收旧政权的少量物产通过变卖，对经济恢复还是会有些许帮助的，这就是新政府成立“淮国旧”的初衷之一。当年，上海的沙泾港有一个很大的仓库，都堆放着国民党旧政权来不及带走的货物，“淮国旧”的员工们就奉命去清点造册……

丁沪生说："我们'淮国旧'财产老多的，店堂也是很大的，这个商店前门是淮海路，后门是长乐路，有那么大呢。商场有 1000 多平方米呢。"

由于店很大，货又多，"淮国旧"还进驻了解放军一个警卫班，来保卫这些国家财产。

旧货店里见世面

1956 年，"淮国旧"设立了寄售部，收购和代客寄售各类物品。那时候，如有市民需要将一些贵重的珍奇古董、国外知名品牌的奢侈品变卖兑现，而"旧货专营"的规定，使得"淮国旧"成为当时仅有的"奢侈品店"——店内陈列中外知名品牌的奢侈品，并可供普通市民进行买卖。

20 世纪五六十年代基本上是一个物资比较短缺、商品比较匮乏的年代，很多生活日用商品还要凭票凭证供应，不过买旧货是不用票证的，"淮国旧"是上海旧货的集大成之地。傅正亚老人回忆道："店里有老古董、旧钟表、长衫、皮袍、皮大衣……还有很多世界名牌商品，徕卡相机、劳力士手表、欧米茄手表、派克金笔。"

如今的青年人可能会问，买世界名牌为什么要到旧货店里面去呢？因为那个年代，西方世界对中国是封锁的，也无法进入中国市场，“淮国旧”里虽然多是旧货，但也是那个年代上海人了解国外商品的少数几个窗口之一，那时候像友谊商店、华侨商店虽然也有外国商品，但都是供应外国人和华侨的，要用外币或外汇券购买。

当大多数人都还只能买120块的上海牌手表时，“淮国旧”就有好几百块钱的劳力士和欧米茄。虽然都是一些旧手表，不过许多人还是买不起的。所以那里的手表柜台，每天都会有许多人挤在那里，看这看那，开眼界，长见识。

火眼金睛老法师

很多上海的中老年人对“淮国旧”难以忘怀还有一个理由，那就是“淮国旧”虽然卖旧货，但是绝不卖假货，而货真价实的背后是因为这里的很多店员都是很有专业水准、很有职业操守的鉴定家。

作家马尚龙跷起大拇指，很赞赏那些“淮国旧”的老法师：“用上海话说就叫‘老鬼’（‘鬼’字在上海方言读‘居’音），‘老鬼’就是这个人很专业也很精明，和北方人说行家高手是一个意思。在‘淮国旧’不管什么东西，你是骗不过他们的眼睛的。比如说一块手表。卖出去的人一定会说，我这个手表多少多少好。他会跟你说，你这个手表的牌子值多少钱，你这个旧表戴了多少年了，其中有什么零件已经有小毛病了。说得你口服心服，连连点头。‘淮国旧’信誉很好，估价合理公道，到这家店来，不管你是买东西还是卖东西，都是很放心的。”

丁沪生老先生回忆说：“‘淮国旧’里时常有一些稀罕的宝贝出现，这些宝贝在别的旧货店里可以说是见所未见、闻所未闻。但‘淮国旧’的老法师却是慧眼识宝。有一次，一位客人拿来一颗珍珠，他想出售。这个人不是‘淮国旧’的老顾客，他是慕名而来的。老法师估价：5 万。5 万块当时是不得了，天价了，是吧？那位客人也愣了，喜从天降。为什么我们的店员会说值 5 万，他说这是乾隆皇冠上的一颗珍珠。我们的老法师一眼就看出来了，而且是很有把握的。因为既不能让顾客吃亏，也不能让国家吃亏。像珠宝、钻石这些宝贝‘淮国旧’收进去就不卖出来了。”

回首当年，不少人在对“淮国旧”的思念中有一声长长的叹息，当年如果到“淮国旧”来多淘点宝贝，现在肯定是身价不菲。上海人常会说一句话，走过路过勿要错过。虽然当年自己是进进出出“淮国旧”，但还是和发财的命运失之交臂。

1956年开办寄售业务后，各种名贵皮货、呢绒丝绸服装、手表和钢琴、乐器等高档旧货也逐渐成为“淮国旧”商品中的主角，这是有别于当年上海的很多小型的旧货商店的。据老年人回忆，在三年困难时期，“淮国旧”很多名牌高档的商品却往往价格低得让人大跌眼镜，而且越是高档的货品，越是备受冷落，无人问津。因为当时老百姓要解决的是温饱问题，那些贵重的东西既不能吃又不能穿，要它干吗呢？

作家沈嘉禄的脑海中还留着儿时的记忆：“当年我还在读小学，也经常去‘淮国旧’。我记得当时一只红木方凳子才卖两块钱，我的一个同学家里买了四只，我们几个同学一人搬一只，帮他拿到家里去了。我还看到这样的情形，‘淮国旧’把很多红木家具全拆散了，然后装上卡车运走了。听说是卖给乐器厂做京胡、二胡……”

供不应求“等外品”

还有很多上海老百姓难忘“淮国旧”的理由是，当年他们在“淮国旧”里买到了很多价廉物美而且是市场上很紧俏的日常生活用品。

改革开放以前的那些年是票证的年代，很多生活用品都要凭票供应。当时工厂里一些不合格的产品被当成了等外品、处理品送往“淮国旧”销售，不需要票证，还会打点折，而且一点也不影响使用。所以每天早上，“淮国旧”一开门，顾客们就像潮水般涌入。

各人到各个柜台前大声喊，我要买什么，我要买什么东西。比方当时买工业品都要工业券，像缝纫机、自行车都要凭票供应的，“淮国旧”里有等外品、处理品，质量也是蛮好的，都是敞开供应，不用票证的。

媒体人朱海平说起了他在“淮国旧”里买鞋子的往事。有一次“淮国旧”卖处理品的回力球鞋，他好奇地去看看，营业员对他说：小阿弟，这个是好东西，原来是出口商品，因为在仓库里积压的时间长了，鞋子有点变形，鞋面上稍微有点发黄，但是东西是好东西。小阿弟你买回去，不吃亏的。结果他就买了这双球鞋。当时在其他店里买新的鞋子大概要3块多，而“淮国旧”只要1块8角，事实证明这双球鞋的确很耐穿。

如今很多上了年纪的上海人说起“淮国旧”都蛮留恋的，

有些人还向笔者展示了他们当年从那里淘来并保存至今的东西，有秒表、钢笔、收音机，等等，每一样物品就是他们难忘“淮国旧”的一个理由。

20 世纪 90 年代初，上海进入了大建设时期，规划兴建的南北高架立体交通干道正好穿越“淮国旧”，于是“淮国旧”让道了。在后来的几十年里，“淮国旧”数次搬迁，一度成为顺昌路上一家很不起眼的旧货店。但在很多上海人的记忆深处，依然留存着“淮国旧”的身影。

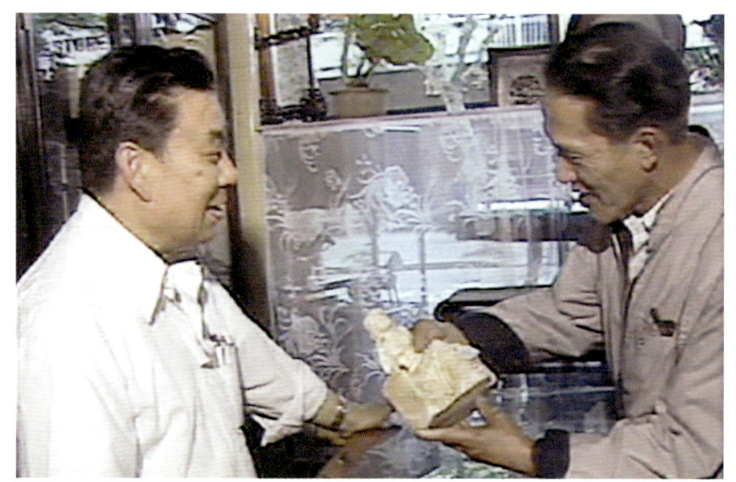

当年“淮国旧”有不少老法师坐镇

昔日“淮国旧”的热闹场景

昔日“淮国旧”（黄浦区档案馆藏，许洪新捐赠）

店内陈列的各品牌手表

公平秤

上海现今大多数的路名都是用新中国各省市的地名来命名的，如南京路、西藏路、北京路、江苏路等。不过，翻开地图，你可以发现一件有趣的事情，原南市区老城厢一带的很多路名却是各种小菜的名称，如外咸瓜弄、面筋弄、火腿弄、豆市街等。

闲话“大上海小菜场”

朱海平

以前，上海的家庭主妇早晨在弄堂里初次见面，经常这样问候：“今朝侬小菜场跑过哦？”上海人把青菜萝卜、鸡鸭鱼肉等荤素统统称为小菜，把到菜场去买菜，称为跑小菜场。民以食为天。食，显然是普通人生活中一见面就值得关切的大事。“小菜场”作为家家户户每天都要打交道的地方，既平常又意义非凡。那么，上海的小菜场究竟诞生于何时？小菜场和大上海之间又有怎样的密切关系？小小的菜篮又如何折射出社会变迁？就让我们从档案史料和人们的记忆中来寻找答案。

集市溯源

说起小菜场，人们会想当然地认为古已有之。其实不然。那么有人会问：在小菜场出世以前，上海人去哪里买小菜呢？翻开上海地图，一些老路名告诉了我们一段沪上人士买菜的历史。

上海现今大多数的路名都是用新中国各省市的地名来命名的，如南京路、西藏路、北京路、江苏路等。不过，翻开地图，你可以发现一件有趣的事情，原南市区老城厢一带的很多路名却是各种小菜的名称，如外咸瓜弄、面筋弄、火腿弄、豆市街等。笔者采访了民俗学家仲富兰老师，问起这个问题，他告诉我们：

上海在1843年开埠以前，只是江苏松江府下属的一个海滨小县城，老城厢的区域面积才3平方公里。城外的农民和菜贩们每日挑菜进城，走街叫卖，后来也有一些菜贩开始选择街道的门面房卖菜、卖瓜、卖肉、卖禽蛋，随后又出现了前店后工场的小作坊等。于是面筋作坊集中的地方就叫作面筋弄，豆、米、麦、食油批发商集中的地方就叫作豆市街。这大概也是上海老城厢一些老地名的由来，可以说这是当时菜场的雏形。那时候的居民还没有“小菜场”这个概念。

那个年代，老城厢的居民买菜也蛮辛苦的，要穿街走巷——在外咸瓜街买了海产品，再走一段路到面筋弄去买面筋，然后还要到豆市街去……

由此可以想见，对集中了各种小菜的固定集市的需求，就当时的上海居民而言，应当是顺理成章的。

上海开埠以后，城市化进程加速，到了19世纪末，上海已成为百万人口的大都市。众所周知，城市是人口的集结之地，食品卫生对城市尤为重要，一旦食品卫生管理不善造成某种传染病的暴发和流行，这对城市来说是毁灭性的打击。所以开办小菜场，把各种摊贩集中一处，这就便于城市化的管理和卫生监督。于是，在租界里就率先出现了小菜场。对它们的设立和管理，体现了规范、秩序、整洁、卫生、契约等城市文明意识。

“三角地”菜场

上了一定年纪的上海人说起小菜场，都会想到虹口的三角地小菜场，这可是上海最早的小菜场，有一百多年的历史。笔者在档案、资料中查找到了据说是现存最早的三角地小菜场的老照片和老电影，还通过采访了解了一些鲜为人知的真实往事。

19 世纪 90 年代，随着上海城市化的发展，城市人口的不断增加，租界里出现了大型的以卖菜为主的固定场所，其中最有代表性的是英文名称为 HONGKEW MARKET 的“虹口菜场”。由于它位于虹口区三条马路的交叉口，大家自然而然地称之为三角地小菜场。从老照片上可以看到，早期的三角地菜场是单层的木结构室内菜场，设施较为简单；菜场四周也没有建围墙，人员进出和货物运输都很方便，菜场外面地方开阔，人流量也较大。

早期的三角地菜场，经过改造后成了一座三层楼的建筑，底层主要是卖蔬菜，二层以卖各种鱼肉类的荤菜和南北干货为主，而三层楼则开了很多小吃店、小饭店。上海人把西餐称为大菜，在这里还能吃到大菜。当年有文人在《沪江商业市景词》里这样描述三角地菜场：“造成西式大楼房，聚作洋场作卖场。蔬果荤腥分位置，双梯上下万人忙。”当时，三角地菜场的经营品种口号是：“蔬菜品种齐，糟、醉、腌、腊、风，青、草、花、白、鲤，样样有。”

后来，三角地变样了，小菜场拆除后在其原址上建起了一座写字楼。在不远处的虹口港附近我们还能看到一座叫作“老场坊 1933”的老建筑，这是一处创意产业园区。而“老场坊 1933”的名称本身就是一段历史。这座外观呈六角形的建筑，原本是建成于 1933 年的上海工部局宰牲场，当时被称为远东第一大宰牲场。

市井烟火

小菜场的出现是上海城市化进程的一个标识，它的发展见证了城市的发展。在三角地小菜场建成营业的 1900 年前后，上海的人口达到了 100 万，已经是全国最大的城市；而到了 20 世纪中期，随着上海城市人口的迅猛增长，城市版图的不断扩大，小菜场的生意也日益红火，网点也在逐渐增多。老上海人熟悉的四马路菜场、八仙桥菜场，还有西摩路菜场等，都是很有历史的小菜场。据统计，到 1930 年，上海全市已有成规模的菜场 49 处。每天早晨到小菜场里去买菜成了时髦上海人的生活方式。

在旧上海，陕西路称为西摩路，所以上海的老居民都称那条路上的菜场为西摩路小菜场，它曾经是上海规模比较大、品牌比较响的小菜场。作家程乃珊在这一带居住了六十年，对这个菜场颇有感情，面对笔者的采访，她早年曾回忆道：

当年的西摩路小菜场，跑进去干干净净，一点也没有鱼腥味。我记得二楼是专门卖侨汇商品的店，三楼就是专门外事工作定点供应的。因为上海还是有很多外国人，或者外国专家。当年如果你要买烘山芋、粢饭、大饼、油条、豆腐浆，南京西路上是没有的，只有西摩路小菜场附近有。在这条路上还有很多上海老百姓比较习以为常的东西。有修皮鞋摊，还有修伞摊，甚至还有一个卖花摊。小菜买好，摊位上买一束鲜花就回来了。一切你生活中需要的东西，全部集中环绕着这个西摩路小菜场。所以我觉得它这个布局非常好。小菜场是最聚人气的地方了，这个小菜场好像20世纪90年代拆掉的，拆掉时我蛮难过的。我们从小熟悉的一个符号随之消失了。

当年的租界有西式菜场，而在南市老城厢一带，则出现了老西门外的唐家湾菜场、大东门外的紫霞路菜场等马路菜场。其中紫霞路菜场是上海历史最长、规模最大的马路菜场。笔者幼时就生活在老城厢的大东门附近，20世纪60年代末，每天都要经过紫霞路菜场，到附近花衣街上的志强中学读书。紫霞路菜场东起花衣街，西至篾竹街，全长500多米，和外郎桥街相交的十字路口是最热闹的地方。

清晨，居民们起床开门后，第一件事就是买菜。洗刷完毕拎着菜篮就跑向菜场，有时在菜篮里还要随手放上一只碗，因为那时要买豆腐、酱菜，拷花生酱等，这些都是没有外包装的，所以要准备用碗来盛这些食品。这里每天早上都是人山人海，川流不息的人群几乎挤爆了这条老街。在鹅卵石铺就的弹街路街面旁，楼下的排门板打开就是铺面，小老板们做着小生意，与路边的小菜摊互不相干，你卖你的蔬果鱼肉，我卖我的针线百货香烟老酒。记得还有老牌的冯万通酱园、万象酱园也开在这里，店堂里，人们忙进忙出地做着生意。在路边的菜摊旁边，人们在这里讨价还价。

菜场地处老城厢，在这里买菜的市民，清一色都是正宗的老上海人。摊贩的吆喝声也非常有特点："来，来，来，豆腐嫩得来，一角洋钿买两块来。""今朝的独脚蟹(发芽豆)只只大。"河蟹的叫法，快要死的蟹叫"撑脚蟹"，小蟹叫"铜钿蟹"，崇明蟹叫"乌小蟹"，正宗的好蟹，才叫清水大闸蟹，那时好像还没有阳澄湖大闸蟹一说。

摊贩们叫得口干了，也会向店主讨口水喝。当然，买菜卖菜也不仅仅是讨价还价，有些小贩也很懂食疗和养生之道，边卖菜边吆喝："清明螺蛳抵只鹅，小暑黄鳝赛人参，菜花黄时吃甲鱼，大伏天里吃羊肉。"这些厨房秘诀，小贩说得头头是道，顾客听得津津有味，小菜场的买卖也就自然好起来了。当年紫霞路菜场的场景，真有点像上海版的“清明上河图”。

海派菜场

上海人和小菜场有着怎样的关系？笔者老母亲曾说过：老百姓和小菜场的关系，是眼睛和鼻子的关系，天天要见面，天天要打交道。以前，家里没有冰箱，全家老老小小有八个人吃饭，有时候，一天要跑两次小菜场。

上海的小菜场还是很有上海味道的，这里讲的“上海味道”是指上海的地域文化。上海人生活哲学的形成和小菜场有密切关联，正所谓一方水土养一方人。

和农村不一样，城市基本是一个陌生人的社会。但是居民每天都会聚拢到菜场里买菜，低头不见抬头见，久而久之，生面孔成了熟面孔，张家姆妈李家阿爸全认识，东家长西家短的话也就在小菜场里交流和传播了。旧社会，很多有钱人家里都有女佣人，也叫娘姨。她们每天都要到小菜场买菜，找机会也会交头接耳地说说话。

笔者在广播电视台的片库里找到了一段精彩的老电影，影片记录了 1936 年 2 月，美国好莱坞著名华裔女明星黄柳霜来到上海访问的情形。在这段历史影像里，我们可以看到，黄柳霜从下榻的国际饭店出来后，来到了附近的凤阳路小菜场，在小菜场买了一束鲜花后离开。当年，好莱坞明星也跑小菜场的消息，一时成为很多上海人茶余饭后津津乐道的话题。或许，将菜场顺道变成花店，那是精明的上海人发明出来的。

20 世纪 30 年代，上海流行一本叫《红玫瑰》的杂志，在某一期的封面上，就画着一个去小菜场买菜的少奶奶。还写了一首打油诗：包车拖到小菜场，奶奶架子搭松香（会摆谱、搭架子），若问今朝买点啥，三个铜板一条腌臭鲞。请看看，一个看似很有钱的少奶奶，坐着黄包车去买菜，多有派头啊，也不知道是真有钱还是装有钱，但是不管怎样，她都不会不问价钱，看啥买啥，而是心里早就规划好了今天的菜谱，所以只花三个铜板买了一条腌鱼就打道回府了。多会精打细算啊！上海人有句话，拿到篮子里就是菜，这话就是嘲讽那些不会配菜不会讨价还价的“粗人”。都说上海人会过日子，而会过日子首先就是要会买菜。

精明不是一个贬义词，精明的也不仅仅是买菜人，卖菜人同样也精明。从 20 世纪 50 年代开始，上海的小菜场里就发明了供应盆菜。什么叫盆菜，就是把顾客要烧的几种小菜都搭配好了，放在一个盆里，包括花式品种、包括量的多少，都为顾客考虑好了。比如一个盆子里有番茄有鸡蛋，顾客拿回家就可以番茄炒蛋。因为当年有的小菜是要凭票供应的，比如鸡蛋。而有的小菜可能进货较多，会卖不完的，比如番茄。而把鸡蛋和番茄一搭配，凭票供应的鸡蛋敞开供应了，而原来滞销的番茄也“借船出海”一起卖掉了。盆菜的花样有好多，主要还是方便顾客。

20 世纪 50 年代国家号召要解放妇女，家庭主妇们要参加扫盲，学习文化，要走上社会参加工作，发明盆菜可以节约她们买、汏、烧的时间。另外，如果家里要准备招待亲戚朋友，那么主妇们也可以到盆菜摊位请营业员帮助配一桌菜，有鸡鸭，有鱼肉，还有时令蔬菜，这样买回去就可以烧了吃，相当方便，而且比自己选配还经济实惠。1956 年上海电影制片厂还专门拍摄了一部上海小菜场供应盆菜的新闻纪录片，向全国推广呢。

菜篮子里观民生

如今，上海市民不会天天都跑小菜场了，当然也有人喜欢去大超市买菜。不过人们一说到小菜场，还是会滔滔不绝地说当年自己如何排长队、摆砖头。过去买菜要凭票，还有小菜卡分小户和大户，等等，看来人们对于计划经济、物资匮乏的年代里的小菜场还有深刻的印象和记忆。

有这么一件事知道的人可能不多。1949 年解放以后，邮政部门要制定邮票的价格，就去请示上级部门。上级领导就问：农民到集市上卖一只鸡蛋多少钱？当时一个鸡蛋的价格大约是 4 分钱。于是就定下来，在市内寄一封信的邮票就是 4 分钱，相当于买一只鸡蛋。而一封信寄到外地要贴 8 分钱邮票，相当于买两只鸡蛋。寄信的邮资参照的是鸡蛋的价格，这表明老百姓买小菜是最基本的民生，正所谓“小菜场大民生”。

解放后，国民经济迅速恢复，物价稳定。据我老母亲回忆，1951 年 3 月，那时 1 万块钱能买 28 到 30 个鸡蛋，正好一篮子（注：旧币 1 万元相当于新面值人民币 1 元）。一位原副食品行业的老同志，因病不能口述，用文字写下了这样一段回忆：

1952 年至 1958 年间，你走进菜场，鸡、鸭、鱼、肉样样都有，而且价格也便宜。老百姓讲：鸡会叫，鱼会跳，鸭子呱呱叫。当时老百姓的工资虽不高，但生活过得很开心。鸡大概是 7 角 8 分一斤。鱼呢，黄鱼 6 角一斤，鲳鱼也是 6 角一斤，还有河鱼，只要 3 角 4 角一斤。肋条肉只要 4 角 8 分一斤。菜价是明码标价上台，当时是用毛竹片做的竹签，长大概是 30 厘米，宽是 10 厘米左右，牌价写在上面。居民到了菜场之后，一看牌价的标签一目了然。

还有一件事也很值得一提。1960 年，我国自行设计建造的第一艘万吨级远洋货轮“东风号”在上海江南造船厂顺利下水。不过当年的人们可能不知道，也可能压根也不会想到，这条万吨轮的首航任务竟然是装运大白菜。

上海社科院出版的《上海蔬菜商业志》里有这样一段记载。1960年，上海市蔬菜供应十分紧张，每人每天只能供应二两蔬菜。当年冬天，我国制造的第一艘万吨级远洋货轮"东风号"第一次启航从天津、青岛等地抢运了几千吨大白菜，紧急供应上海菜场，以解全市老百姓没有菜吃的燃眉之急。万吨轮首航运菜一事在当时并没有见报，可能是因为看上去有点"大材小用"。现在看来是大材大用，因为国以民为本，民以食为天。

大约是从20世纪50年代的后期开始，上海人到小菜场不仅要带好钞票，还要带上票证。一些老上海人还记忆犹新：买菜要有肉票、鱼票、蛋票，豆制品票也有的，不买豆制品还可以买发芽豆。过年了，新鲜鸡蛋很难买到，但是有冰蛋票，用冰蛋做蛋饺皮蛮难做的，因为冰蛋的凝性不如新鲜鸡蛋。笔者走访过一位叫胡申南的老人，他喜欢收藏各种票证，在藏品中我们看到还有干菜票、冻禽票、蛋品票、黄酒票、粉丝票、海蜇头票、味精票等。真是五花八门，一应俱全。

有一部影片见证了当年那段历史。那是在20世纪70年代的末期，也是改革开放的初期，有一个日本的摄影队拍摄上海人去小菜场买菜的真实镜头。在影片里，天还没大亮，小菜场里已经是人头攒动。镜头里阿婆要买肉，先要给营业员交肉票，然后才能称肉付钱，当阿婆买好菜刚走出小菜场的时候，忽然，小菜场里面热闹起来，很多人向卖鱼的摊位拥了过去，老阿婆也急忙返身回到菜场，原来菜场里刚运来了一批橡皮鱼。当时鱼是凭票供应的，而橡皮鱼是唯一不用鱼票的漏网之鱼，所以大家都抢着去购买。

上海的小菜场真正做到菜源丰富，能够满足老百姓菜篮子的需求，那是 1978 年十一届三中全会以后的事了。改革充分发挥了亿万农民劳动生产的积极性，打破了解放后沿袭多年的国营菜场一统天下的局面，很快上海开始有了可以自由买卖农副产品的农贸市场。

经济搞活了，市场一放开，小菜马上就多起来了，苏北的农民兄弟运来了自家养的草鸡，在三官塘桥办起了一个活鸡批发市场。上海市民能吃到久违的草鸡，感到味道好极了，于是就说这是“百万雄鸡下江南”。国家的形势大好，上海的形势大好，菜篮子里能够看到好的形势，上海老百姓有一句话，叫菜篮子里看形势。

国家领导人也从菜篮子里看民生。1983 年 2 月，邓小平同志在上海视察，向市领导提出要看小菜场，看居民买菜，要找一个不是太好的，也不是太坏的菜场。市委选中了胶州路的农贸市场，该市场成立于 1979 年 10 月 15 日，在当时是上海比较早建成的一个市场，也是改革开放以后三种经济成分同时发展的结果。现在的胶州路是一条高楼林立的景观大道，可是在 20 世纪七八十年代，这里每天清晨的道路两边是一个农贸市场。

2 月 21 日清晨，邓小平同志视察了胶州路农贸市场。个体户江安如的摊位就安在道路旁边，小平同志来到这里伸出手跟江安如握手，正在斩冬笋的他，就把手套拿掉，忙着喊邓伯伯、邓伯伯。小平同志和他拉起了家常，问他，生意还可以吗？江安如说生意还可以。小平同志又问江安如一天赚多少钱，回答说一天赚二三十元。那天，在此起彼伏的吆喝声中，在鳞次栉比的摊位间，小平同志还仔细地询问了多种菜价的情况，关心着老百姓吃菜的情况。

1991 年 11 月 1 日，这是个平常的日子，在人们的不经意中，上海豆制品供应废除了三十余年来凭票销售的办法，而豆制品票是上海农副产品最后一张计划供应的票证。随着票证供应的取消，上海人走出了那个买菜凭票的年代。

昔日《点石斋画报》中描绘的老上海小菜场景象

1964 年夏天，巨鹿路菜场一瞥（黄浦区档案馆藏，摄影：薛宝其）

20 世纪 90 年代，沪郊蔬菜上市（上海市档案馆藏）

时人曾有《光明咖啡座上》的诗句：已怜风露立难胜，正好栏杆到处凭，碗底咖啡黄似酒，座中客貌冷如僧。渐知哀怨从今始，将有风谣次第乘，过往一年留此会，漫劳归去思腾腾。

漫步咖啡之路

陈祖恩

咖啡以香味与色泽风靡世界，也成为上海这座城市的鲜亮符号之一。追溯历史，上海的咖啡文化已有百多年积淀，从开埠之初，咖啡作为舶来品被引入上海，到 20 世纪二三十年代，咖啡氛围日益浓厚，人们纷纷走向咖啡馆，咖啡成为上海的都市时尚，也逐渐成为生活的习惯。梧桐午后，斑驳之间，那个时代的咖啡文化，是时尚与传统之碰撞，这也是咖啡在近代上海城市历史发展过程中留下的一道独特风景。咖啡作为载体，亦已根植城市文脉，见证了这座城市一百多年来社会发展与变革的风云变幻。

当时，在霞飞路（今淮海中路）、南京路（今南京东路）、西藏中路、北四川路（今四川北路）等街区，都开设有一定规模的知名或特色咖啡馆。若论咖啡馆的质量和密集程度，则以静安寺路（今南京西路）一带最为整齐，最好的咖啡和最好的蛋糕都可以在那里品尝到。

静安寺路（今南京西路）因静安寺而得名，最初是一条马道。1876年，葛元煦在《沪游杂记》中说：“租界沿河沿浦植以杂树，每树相距四五步，垂柳居多，由大马路至静安寺，亘长十里。两旁所植，葱郁成林，洵堪入画。”早年的静安寺路，因行人稀少，愈觉宽敞，空气也清爽得多，尤其是深秋的黄昏，落叶逐西风，落地有声，斜阳微弱的余晖，把路旁两列树木的影子投到地面。

1908年3月5日，上海第一条有轨电车正式开通，路线从静安寺起，沿愚园路、赫德路（今常德路）、爱文义路（今北京西路）、卡德路（今石门二路）、静安寺路、南京路，至外滩英国上海总会，全程6.04公里，这是贯通公共租界的东西干线。随着有轨电车的开通，静安寺路的房地产发展迅速，花园别墅、新式里弄、高楼大厦不断涌现，可算是上海雅静而又华丽的马路了。

光明咖啡馆

光明咖啡馆位于跑马厅的对面，两旁是舞厅和戏院，为上海最繁华的咖啡馆之一。其设特别间二室，布置富丽堂皇，座位舒适，对于宴会聚餐，最为相宜。

光明咖啡馆设于1934年1月。初设时，一般人对于咖啡没有太多的好感，以泡茶室为主，后来逐渐将茶室风气带到咖啡馆里。由于光明咖啡馆处在舞厅边上，下午去那里，能找到一个座位不大容易，而所去的客人，晚上都要去舞厅溜达。当然，光明咖啡馆之盛，得归功于几位舞场记者。当光明还没受人注意的时候，一些新闻报纸的记者常到那里，旁边舞厅的客人亦跟去，后来，光明咖啡馆就成为周边新的约会场所。

1935 年 3 月，为庆祝光明咖啡馆一周年纪念，华美烟草公司、汪裕泰茶号、梅林罐头食品公司、大沪舞厅在大沪舞厅联合举行“空前盛况之联欢大会”。表演的节目中“玫瑰艳华”第一个登场，表演者为格罗佩歌舞团，每一个随舞者的臂中抱一只玫瑰牌祁门红茶的盒子。第二个登场的是探莲宁和玛丽李娜合演的《礼物》。《礼物》是一个欢快的短歌剧，有点像中国旧剧《小放牛》。第三个华美烟草公司的节目是为了宣传新产品“人寿烟”而特别编排，全系国粹化，聘请京剧演员饰寿星，恭贺来宾。寿星在场中踏方步，并不开口，而是不断地把手中的人寿烟广告向四周观众展示。

来宾凭票进场，可得名贵赠品，如汪裕泰茶号的“玫瑰牌”祁门红茶、梅林罐头食品公司的“辣酱油”、华美烟草公司的“人寿牌”香烟、百昌行的“面友”、美最时洋行的“瓜同拿”药片、马宝山公司的饼干等。

光明咖啡馆的餐饮售价便宜，较之国际咖啡馆，则算平民化了。光明的火车座很多，可供客人舒适地谈心，而坐在火车座外面桌子上的客商，则大谈生意经。它每天吞吐着不少人群，有商人、作家、记者、职员，也不乏“白相人”等。时人曾有《光明咖啡座上》的诗句：“已怜风露立难胜，正好栏杆到处凭，碗底咖啡黄似酒，座中客貌冷如僧。渐知哀怨从今始，将有风谣次第乘，过往一年留此会，漫劳归去思腾腾。”

国际饭店咖啡厅

国际饭店位于静安寺路派克路（今黄河路）路口，曾有多处咖啡厅。二楼自由厅，亦称音乐茶座，布置堪称富丽堂皇，花团锦簇的地毯和广幅橘黄的帘幔，令人置身于锦天绣地中，且因临跑马场，空气清新、阳光充足，坐在那里，更可体味到明窗净几之致。特别是踞坐靠窗边的几个座位，眺望跑马场，苍翠油绿的广场以及高矮不齐的楼榭，尽收眼底。

自由厅上午很早就开始营业，但生意并不旺盛，到了下午，生意便格外热闹，过了四点钟便常告客满。夏天的时候，冷气开放，凉爽如秋，馆内有六人组成的乐队，酣歌妙舞。至六七点打烊前，有两次一男一女的舞蹈表演。

与二楼比起来，国际饭店三楼咖啡座则生意清淡。侍者多怠于应客，食客入座，视若无睹，喊一声茶点，往往历时弥久。沙发座位，椅套皆陈旧破损，不耐久坐。但是，当跑马场春秋试马之日，来此觅窗口茶座者亦有许多，“呷咖啡带看马赛，远近驰马之姿，尽收眼底，比之设座于跑马场之看台上，舒适良多，而视线所至，转得一望无阻焉”。

因三楼咖啡座生意清淡，后来国际饭店将其移至一楼大厅。经装修后，富丽堂皇，气派豪华，生意大盛，每天下午四五时，即人满为患。若论光线，则楼下晦暗，远不如三楼明朗。有人因此调侃说，上海人是不欢喜明光的。

每逢周二、周四，有乐师在此演奏，时间自下午五时起。乐师于四时半左右至，先进西点、喝咖啡，俄延至五时，始徐徐举乐，在客人的眼光里有“架子奇大”的感觉，而所演奏的乐曲，也未必为座上客所欢迎。乐师在咖啡座摆架子，可能与客人的素质有关。国际饭店一楼的后期光顾者，“大都为抗尘走俗之徒，了解音乐者，故绝鲜其俦耳”。有人感叹道：“知识座客者锐减，独多暴发者。咖啡座本系高尚人士叙谈所，不意形成茶会。”

西侨青年会大楼咖啡馆

国际饭店的隔壁是西侨青年会大楼。对于大多数中国人来说，那是一个神秘的地方，很多人路过时不会进去，最多向里面张望一下。其实，楼内设有营业性咖啡馆，不论西人、华人，只要有钞票，一概可入。因为是青年会，不供应酒，包括啤酒。但咖啡是香美的，柠檬茶也不错。与国际饭店的嘈杂相比，青年会极静穆，环境相去悬殊。在寂寞时，从玻璃窗望出去，欣赏街景，也是消磨时间的方法。

D. D's 咖啡馆

D. D's 咖啡馆（弟弟斯咖啡馆）有好几家，静安寺路的那一家，门口贴有“弟弟”两个中文字，也被称为“弟弟咖啡馆”。那里的装潢很好，奶黄色墙壁陪衬着奶黄色沙发和座椅，显得非常调和。红色的台桌冲淡奶黄色的单调和严肃，加上一瓶鲜花，令人有留恋的好感。

服务员都是欧裔侨民，她们穿梭似地服侍顾客。到这里喝咖啡的客人品位比较高，店内气氛宁静，尤其是在夜里，更加静寂。店里置一架钢琴，有钢琴手在此弹琴，曲目有《蓝色多瑙河》《当我们年轻的时候》等名曲。弟弟斯的咖啡和蛋糕都很好，冰激凌圣代有“尼浓”“弟弟特色”“孩儿梦”“春光”四种，但每客定价相当贵。适宜的环境与优质的咖啡、甜品吸引了不少忠实的顾客，左联作家夏衍就经常在弟弟斯咖啡馆进行《蚯蚓眼》的写作。

D. D's 咖啡广告

皇家咖啡馆

皇家咖啡馆位于静安寺路 878 号，1943 年设立，与 D. D's 近在咫尺。自称是咖啡权威，装潢富丽全沪独一，与 D. D's 相比，确实优秀很多。

座位多，隔断的壁上装镜子，利用视觉错觉使空间显大，光线舒畅、环境恬静，“皇家” 投资很巨，实力雄厚。有人说，这也是一种长眼光的投资。

凯司令

凯司令位于静安寺路南汇路路口，三层楼房子，每层都有座位，座位的装潢和布置简单朴素，一切不甚讲究，“好像一个乡下的大姑娘，特异于那些浓妆腻理的都市少女”。

全上海咖啡馆的营业时间，最早的当推凯司令。在夏令时节，早晨不到七点钟就已拉开铁门，七点一敲过，刚出炉的西点就陆续送来，七点半开始供应茶客。凯司令之各式大蛋糕，其制焙之得法与可口，在上海算是佼佼者。可可、咖啡、红茶热饮的价格，亦相当便宜。

凯司令小西点的种类很多，其中以“糖纳子”最佳，其次是奶油面包。早晨刚出炉的时候，热气蒸腾，吃起来，有甜香滞留口舌之感。凯司令的股东老板是福州人，店员十之八九隶福州籍，福州人去该店，完全可以使用家乡话。

C.P.C. 咖啡馆

C.P.C.（西披西）咖啡馆为巴西华侨所设。最初设在静安寺路铜仁路路口，后来在霞飞路巴黎戏院附近开设支店。总店与支店虽是同一家，但营业方针和定价却略有不同。总店的饮品点心数量寥寥，只有热咖啡、冰咖、吐司、小蛋糕和汽水。支店还有冰激凌、冰激凌咖啡、热饼、三明治及中式点心面点等。总店只做日间生意，晚上八点关门。支店夜间门口的霓虹灯灿亮，要到近午夜才打烊。

两家的设备均简单朴素，但论气氛总店比较幽静，坐在那里眺望静安寺路两旁往来如织的人与车辆，令人兴趣盎然。落地的玻璃窗，使行人站马路边就可以看到店员将烤好的咖啡豆磨成粉末，放在酒精炉上烧煮，香气扑鼻。禁不住会进去喝一杯，喝完可能还会带一包回家喝。

C.P.C. 咖啡广告

泰利咖啡室

泰利咖啡室位于静安寺路江宁路路口，店主经常在各戏院银幕上做广告，特别提出其雄视海上的西点“奶油泡夫”。泰利的牌子也全靠“奶油泡夫”来支撑：新鲜香甜、松脆适口，每天销量可观。

泰利咖啡室的红沙发座坐起来很舒服，棕色的桌子也很美观，沙发座墙边有时会置一二盆景，悠然有致，灯光用柚椰形的木罩烘托，光芒不会向下追射，平淡而匀和。令人不惬意的是地方实在太狭小，沙发座毗接紧密，下午生意热闹的时候，肩相摩，背相接，局促不堪。假如有人想来此谈情说爱，那不是一个太合适的地方。

沙利文咖啡馆

在上海西式咖啡中，沙利文咖啡馆以美式出名，音乐也颇具特色。沙利文咖啡馆原是美国船员沙利文在 1912 年创办的糖果糕点店，最初设在南京路江西路路口，后来在静安寺路设分店。

二楼的二重奏时常令人神往，轻音乐节目如《白鸽》《春歌》《圣母颂》《小夜曲》等，真是千回百转，回肠荡气。当一支西班牙舞曲奏起，从台上的盆花偷望过去，有人嫣然微笑。“莫忘吾”的音调更流入心里，无言相对，一点灵犀暗通，心里燃起火焰。当夜色苍茫，正想站起来要走时，正赶上《晚安，我的甜心》的笛声响起，于是以轻俏的脚步踏下古英国风的木楼梯。

飞达咖啡室

飞达咖啡室，位于静安寺路陕西北路路口，贵族气息浓厚，以西洋人为多，中国人也不少。飞达的芳邻是平安电影院，咖啡室内部与平安的走廊仅隔一层大玻璃，在平安的穿堂里可以看见飞达的顾客，飞达的座客也可以望见平安的观众。这些观众有不少是教会学堂的女学生，讲究穿着修饰，漂亮的很多，男的也穿戴得有青年绅士风度。

飞达的餐具精美整洁，座位恰到好处，坐得很舒服，四周谈话声只是絮絮细语。所有点心，选料上乘，入口松脆。西点以三明治为最佳，冷饮以鲜橘汁为好。来这里喝生啤的人很多，盛酒的酒杯口大底尖，像个花瓶，别具风趣。下午茶生意闹猛（热闹），过了三点常常客满。晚上较空，天热的时候，玻璃门窗洞开，再加上电风扇，暑气尽消，可以在那里久坐，看报、聊天。

在张爱玲所著《色·戒》中，王佳芝坐三轮车“踏到静安寺路西摩路路口，在街角的另外一家小咖啡馆停下”，这里的咖啡馆就是飞达咖啡馆所在的位置，而在李安导演的电影中改为凯司令。

除了上述咖啡馆之外，位于成都路西边，贴近张园的静安咖啡馆也小有名气。1942 年 5 月开放，内部装潢由新艺公司承造，设计新颖，布置堂皇，特聘上海一流厨师，西餐茶点，烹饪精良。特色是聘全班罗马乐队，每日举行交谊舞会。

邻近美琪大戏院的丽都咖啡馆则以环境布置绝佳、灯光柔和、座位幽静、咖啡香洌而闻名，市民在电影开映前后，游息于其处者甚多。

飞达咖啡室广告

咖啡馆内的一位摩登女性（上海市档案馆藏）

沪上咖啡馆

光明牌
棒冰

来到『情人墙』的情侣们似乎都有一种心照不宣的默契。有人说，上海人对外滩『情感地带』的成因是心知肚明的，在纯粹的浪漫中，也多少夹杂着无奈和酸楚，当『情人墙』的出现与『居无屋』『居少屋』联系在一起的时候，那些少男少女的甜蜜相拥里，可能有着不知明天婚床放在哪里的深深隐忧。

“情人墙”的浪漫回眸

董群力

外滩防汛墙在往昔有一个响亮的名字——“情人墙”。因其优越的景观位置，成为过去那个年代情侣们谈恋爱、逛马路的一块风水宝地。这道墙，曾是“父母爱情”最无言的见证者，以至于在它消逝后的很多年，每每提起“情人墙”三个字，都能引发一代人对青春具象化且生动的追忆。

曾经承载了一代人的青春浪漫记忆，“情人墙”同奔流不息的黄浦江水一样也印证了外滩百年的流变，和这座城市不断迈步向前的发展进程。

外滩风景

外滩景观的形成，从 1843 年上海开埠开始，经历了一个半世纪。早在 1860 年代末，随着租界内对外贸易的发展和城区建设的拓展，一部分外侨为谋求商业利益，主张把洋泾浜至黄浦花园这段堤岸作为停靠船只的码头之用。

在众多主张将外滩沿岸建成码头区的声音中，美商旗昌洋行大班、旗昌轮船公司创始人金能亨提出了截然不同的意见。

他特地写了一封信给当时的工部局委员会，对于将黄浦江堤岸作为停靠船只的码头，他认为“作出的牺牲无疑是十分巨大的”，外滩作为上海的重要风景点，居民在黄昏漫步时能从黄浦江中吸取新鲜空气，亦是租界内具有开阔景色的主要场所。

金能亨是最早来到上海的外国商人之一，早在 1840 年代末至 1850 年代初，他就被外国侨民推选担任过道路码头委员会的委员，在外国侨民中颇有声望。

因此他对于外滩地位的看法和有关外滩建设的意见，对当时的公共租界管理机构有很大的影响。此后一个阶段，外滩的建设，大致也参照了金能亨提出的思路发展。

1876 年，工部局在对外滩人行道进行更新的同时，在外滩道路与江边堤岸之间填土并铺上了草坪。这块大草坪于

1886 年 4 月，宣布正式对公众开放。工部局为了防止行人把草坪作为行走的通道，特地从北京路到汉口路修建了一条宽 12 英尺的人行道，同时，在人行道旁边设置了座椅，供行人休憩之用。

由此，外滩逐渐形成了具有景观意义的休闲场所。第二次世界大战期间，来到上海避难的犹太难民回忆道：在那个精神受到压抑，生活十分艰苦的岁月里，来到外白渡桥边的外滩散步，是当时无与伦比的享受。

“情人墙”演变

1880 年，工部局在黄浦江边（今北京路至福州路一段），以大块花岗石砌建驳岸。到了 20 世纪 20 年代初，又在中山东路一段的外滩沿江，修建了块石护坡，驳岸顶标高为 4.7 米，并设有栏杆墩和铁链条，这种情况一直持续到新中国成立。

20 世纪 50 年代初，上海受到几次大潮汛影响，江水越过驳岸漫到外滩的马路上，影响市民的生活。于是从 1956 年开始，对黄浦江、苏州河边原有的驳岸进行了大规模的改造。

当时因为分段修筑，标准不一，多数单位因陋就简，所筑防汛墙结构单薄，不少岸段残缺不全。到了 1959 年，外滩便开始统一修筑防汛墙，砖土结构，防汛墙顶高 4.8 米。1962 年的一次台风，全市几十公里的防汛墙被冲开了 46 个缺口，其中外滩就有两处，导致南京路食品公司门前积水深达 1 米，损失严重。

于是，上海市城市建设局在 1963 年首次颁布《黄浦江、苏州河两岸防汛构筑物的统一高程规定》，要求外滩防汛墙采用钢筋混凝土结构，墙顶标高为 5.2 米，不影响外滩地区的观瞻。

可是到了 1974 年 8 月，上海再次遭到台风袭击，外滩黄浦江水位几乎与防汛墙顶齐平，当年 11 月，上海再次调整防汛标准，外滩防汛墙标高升至 5.8 米。也就是从这一时期开始，“情人墙”逐渐形成。

到了 1984 年，上海政府和水电部先后批准上海市区按“千年一遇”防洪标准设防。

此后，外滩防汛墙再次进行拆除重建，外滩防汛墙岸线向江心外移 6–49 米，防汛墙结构按 I 等工程 1 级水工建筑物的标准设计，将传统的防汛墙上部 L 形结构改进为厢式结构，墙顶增加了一个厢顶平台， 平均宽度 15 米，厢体下部为外滩停车库，上部为观光平台，全长约 1.8 公里。

“墙中人”故事

20 世纪 70 年代的情人墙盛景，被《纽约时报》的记者记录下来：“沿黄浦江西岸的外滩千米长堤，集中了许许多多的上海情侣。他们优雅地倚堤耳语，一对与另一对之间，只差一厘米的距离，但绝不会串调。这是我所见到的世界上最壮观的情人墙。”

而在见诸报端的文字中，最早关于“情人墙”的定名，大概是从上海作家沈善增开始盛行的。20 世纪 90 年代，他曾写了一篇随笔，题为《伟大的情人墙》，将他多年来对外滩这道独特的风景作了一个正式的命名。此后，报刊上的“情人墙”提法渐渐多了起来。

沈善增也做过“墙中人”。他这样记述自己的经历：

初到外滩情人墙前占一个位置，大多数人心理上还不能习惯，尽管知道左邻右舍都在忙自己的事务，无暇旁顾，但到底有顾忌……经过几次锻炼，才能达到旁若无人的境界。

可以说，年轻人选择在众目睽睽的外滩边谈情说爱，是一个无奈的选择。当时的上海经济物资尚不发达，文化娱乐设施单调，住房极其紧张，一家七八口挤在十几个平方米的斗室里，四世同堂司空见惯。

当时上海城里适合年轻人的幽会场所较少，夜公园不开放。年轻男女“荡马路”之后想找个僻静的地方谈谈心，就要动点儿脑筋。鲁迅公园附近的甜爱路，还有思南路、东平路、绍兴路、五原路、愚园路等，都是不错的所在。但相比之下，外滩的“情人墙”因其便利的交通与开阔大气的风景，更受到恋人们的欢迎。

民间也有这样的描述：外滩观光平台几乎没有购物流动车，偶尔见老人推车，儿童车上放着茶水，花三五分钱即可获得一杯凉水解渴。这也是当时社会经济条件有限的状况下，进一步奠定了外滩“情人墙”在年轻人心中地位的原因。

《繁花》作者金宇澄在回忆20世纪70年代的情人墙时，如此描述：

当时，外滩的江堰边上有一道一米多的墙，很朴素的一道墙，墙外就是黄浦江。当时八十年代的年轻人都在那边谈恋爱，就这样一男一女，那个程度，真是密不透风啊。而且后头还有人等位的，如果前面两个人走了，后面立刻有人挤进去，因为没有地方去啊。你想想看，当时的时代太贫乏了，大家没地方去，好不容易到了外滩，我总能靠在那里两个人讲讲话吧，因为大家都这样嘛。

好玩的地方在哪里呢，就是这些男女后面还有那种巡逻队员，现在怎么叫法我不知道。他们就站在后面，比如说一个男的，他的手放在女朋友的腰上，巡逻队员立即喊“哎，手放下来，手放下来”。

同样的回忆，也出现在上海滑稽戏演员毛猛达的描述里：

那时候傻乎乎的，吃好夜饭就去抢位子，7 点钟前头就赶到了。有一次去晚了，看过去人海茫茫，总算找到一条隙缝，挤进去，没等开口，旁边的情侣便主动让出一角。在这里，没有发生过占位吵架的现象。

来到“情人墙”的情侣们似乎都有一种心照不宣的默契。有人说，上海人对外滩“情感地带”的成因是心知肚明的，在纯粹的浪漫中，也多少夹杂着无奈和酸楚，当“情人墙”的出现与“居无屋”“居少屋”联系在一起的时候，那些少男少女的甜蜜相拥里，可能有着不知明天婚床放在哪里的深深隐忧。

据说，外滩这一奇观，一度成为上海当时少年心口相传的“13 频道”。当时电视只能收到 12 个频道的节目，晚上的电视节目娱乐性很少，比较单调，20 世纪 70 年代长大的少年看到苏联电影里仅有的一小段瓦西里夫妇的吻别，不免感到新奇。由此，一些少年常常结伴去外滩看恋人们谈恋爱，个别喜欢恶作剧的孩子不光旁观，还会挤在他们身边，盯梢着他们的一举一动。

很长的一段时间里，外滩防汛墙成为上海年轻恋人比较集中的场所。这种现象一直持续到20世纪80年代中期，随着社会娱乐场所的逐渐增多，居民住房条件的日益改善，以及青年男女婚恋观念的不断变化，外滩情人墙盛况空前的情景才逐渐消失。

等到20世纪90年代，市政建设快速更新，原先的防汛墙墙体被拆除，改为与黄浦江风景更为契合的镂空式栏杆，位置也向江心外移了一段距离。如今，我们所看到的外滩观光平台防汛墙已不是昔日“情人墙”的原貌。

很多人提到“情人墙”的消失，总觉得伤感。但是时代的浪潮过去，一些有特定历史环境的产物将渐渐消失在长河里。正如外滩“情人墙”，它出自时人的无奈，却无心插柳地成了一道盛景，推动了城市建设的发展和社会包容度的提升，直至完成它的历史使命。

1. 20 世纪 50 年代的外滩
2. 1988 年，外滩“情人墙”（摄影：陆杰）
3. 1987 年 7 月，摄于黄浦公园情人墙
（《新民晚报》图，摄影：王蔚生）

1 | 3
2

憧憬

一块小小的床沿布，反映了当年上海人『螺蛳壳里做道场』的生活智慧，更显露出当年上海人住房狭小的窘迫和无奈。

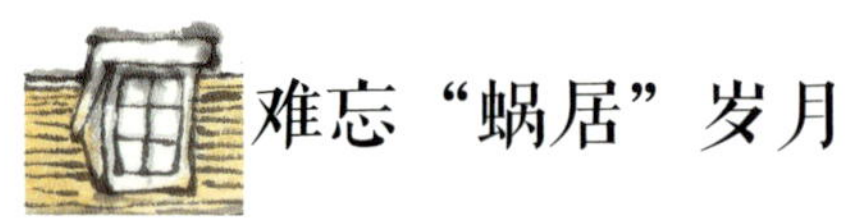

难忘“蜗居”岁月

吴琼　李婷

住房难，曾经被称为“申城天字第一难”。改革开放之初的上海，中心城区居住拥挤，人均居住面积仅五六平方米。一些成片棚户简屋区域，一大家子住在蜗居中，生活窘迫，晚上睡觉，床上、地上都睡满了人。20 世纪 80 年代，上海启动了旧区改造的民生工程，20 世纪 90 年代开始大规模改造危棚简屋。数十年后，上海人的居住条件得到了显著改善，下阶段重点转入零星旧改、旧住房成套改造、城中村的“两旧一村”工作。

让我们“重返”当年的香粉弄、西凌家宅、“两湾一宅”、虹镇老街，回望一幕幕旧区改造往事，点点滴滴仿佛仍在眼前，令人感慨万千……

“螺蛳壳里做道场”

南京东路旁的香粉弄，原先便有一幢危房。曾在这里居住的居民蔡月娥回忆，房子的地板有很大的缝，东西都会掉下去，而且还七高八低，一个不小心就会踏空。楼梯扶手是松动的，人一个没扶稳就会摔下来。房间很小，只有七八平方米一间，像鸽笼一样，晚上睡觉，床上、地上都挤满了人。

房子的底层就是三阳南货店。如今这家店还在原来的位置，而在此工作了几十年的老师傅对那栋被拆除的危楼也有很深的印象：“楼上一拖地板下面就水嗒嗒滴的。怎么办呢？我们在房间里面搭个顶。”

1985 年，香粉弄地块拆迁，蔡月娥等一批居民搬进了浦东梅园新村。新房子独门独户、煤卫独用。他们可以说是改革开放以后，上海最早通过动迁解决住房困境的居民。“心里面挺满足的，比我小时候住的房子不知道好多少倍。水龙头打开，想怎么洗就怎么洗，可以说一个天一个地。”蔡月娥说。

20 世纪 80 年代，由于历史欠账较多、人口增长较快等原因，上海旧区改造的任务非常艰巨。首先要重点解决家庭人均居住面积 2 平方米以下的特别困难户，还要对众多的危棚简屋进行修缮，为无房结婚的大龄青年建造鸳鸯楼，并鼓励各企事业单位筹措资金多造住房。

当时仅市区就有300多万平方米的棚户简屋急需改造，南市区西凌家宅就是其中的一片。

“最热的时候外面马路旁边都睡满，有的人睡在外面就睡到天亮。”朱菊英老人在西凌家宅住了半个多世纪。

“家里热的呀，那时候条件差，电风扇也没的，拿个扇子扇扇。”邵阿招18岁来到西凌家宅，后来又成为这里的里弄干部。那个年代夏天炎热，雨天积水，住在棚户区的人常开玩笑说那是水深火热的日子。

据朱菊英回忆，以前台风雨来，大家都怕的，基本每户人家都会进水，只能往外泼水。

舒薇敏也曾经生活在西凌家宅的棚户区里，那个年代，20多个平方米的棚户简屋里住着他们一家8口人。如今舒薇敏还保存着床沿布，这是对过去棚户区生活的一种纪念。“以前家里地方很小的，万一有客人来了就没地方坐了，只能让人家坐在床边上。然后用块布头当作床沿布来挡一挡，这样床上就能保持得干净一点，也就不影响晚上睡觉了。”

一块小小的床沿布，反映了当年上海人“螺蛳壳里做道场”的生活智慧，更显露出当年上海人住房狭小的窘迫和无奈。

西凌家宅棚户区里的老居民李瑞成对过去的生活仍历历在目：“这里弄堂最宽的也就两米左右，只好拉马桶车；最窄的只有五六十厘米，人都要侧过来走，永远不见太阳的。”

1984 年 10 月，西凌家宅改造指挥部成立，开启了十年改建之路。根据新闻资料：西凌地区动迁居民 3000 多户，单位 54 个，改建后的西凌家宅住宅小区由 15 幢高层建筑、12 幢多层建筑组成，成为当时一处新型居民住宅区。

1991 年，西凌家宅的新公房建成后，28 岁的舒薇敏便结束了恋爱长跑，有了套一室一厅的新房。

时代在变迁，当时人们羡慕的西凌家宅的新公房，如今在周边高楼大厦的映衬下，显得有些陈旧了。舒薇敏的儿子也一天天长大成人。曾经让他们做梦都能笑出声来的一室一厅的房子如今越来越狭小了。儿子对自家的住房条件颇多怨言，舒薇敏夫妇也想再买套新房，但商品房的高房价让工薪阶层的他们一时犯了难。

如何解决老百姓的住房问题，这是政府近年来关心的头等大事。有一天，舒薇敏看到了一则新闻——上海正在完善住房保障体系，买经济适用房舒薇敏家是符合条件的，他们又赶上了一个好时代。

舒薇敏一家购买的经济适用房在浦东三林地区，68 平方米，两房一厅，儿子自此有了自己的独处空间。与舒薇敏家一样，随着上海旧改按下“快进键”，大批市民告别逼仄旧里，拥抱新生活，城市更新也迈出更坚实步伐。

苏河畔“淮海战役”

1998年，上海普陀区的“两湾一宅”（潘家湾、潭子湾、王家宅）掀开了动迁的大幕，这个曾经出了名的穷街陋巷将告别密密麻麻的危棚简屋，矗立起来的将是一幢幢风格各异的大楼，生活在这里的万余户居民的居住条件也会随之发生翻天覆地的变化。一位曾生活在潘家湾的里弄干部感慨地说：“我这辈子做梦都没想过能住进这样的房子，这里真的是天堂。”在上海整体住房条件得到改善的同时，社区的环境也得到很大的改观，政府推出和实施的一系列民心工程深受百姓们的好评。

“两湾一宅”棚户区，曾是上海城市版图上的一块疮疤。摄影师陈泰明在那里拍摄了数千张照片，非常真实地记录了当年“两湾一宅”棚户区居民的生活。“都是一些破破烂烂的房子，就是所谓的‘危棚简屋’。”

余兆泰老人1946年从老家坐船沿着苏州河漂流到了上海，上岸后，他先落脚在苏州河边的药水弄棚户区，后来又搬到了潭子湾，一直在棚户区里住了52年。当年，每次遭遇台风暴雨，他们家的危棚简屋就会处于风雨飘摇之中。

每当这个时候，余兆泰的老伴就会埋怨丈夫，尤其是余兆泰老人退休前还是一名建筑工人，参加过“两万户”住宅公房的建设。一个造房子的人什么时候也能住上新房子，这是他长达半个世纪的念想和等待。

普陀区曾经是著名的工业区，潘家湾和潭子湾里原先就有不少工厂与居民住宅犬牙交错。胡伟均的家门前就是一家煤炭厂，曾给她的生活带来极大的不便，“那时候是真的不敢开窗，窗帘白天拉起来，晚上回来一看，桌子上仍旧都是灰，床上的被单也是乌黑的。每个礼拜都要洗被单、洗被子、洗枕头毛巾，不知道洗坏了多少”。

从20世纪90年代初开始，随着浦东的开发开放，上海进入了大建设、大变样的黄金发展期，上海第一轮大规模的旧区改造也随之启动。上海市政府确立了一个刚性目标，要在21世纪前，拆迁改造二级旧里以下的危棚简屋365.6万平方米，决不让“365”改造地块上的居民在危棚简屋里迎接新世纪。

1998年，离新世纪的到来还有两年的光阴，“两湾一宅”的动迁改造终于启动了，这是20世纪末“365”旧区改造这一重大民生工程里最难啃的一块硬骨头。

当时，有关方面将这场动迁称为“淮海战役”，为什么称作“淮海战役”？第一是“两湾一宅”的规模大，是当时上海最大的成片棚户区之一；第二是动迁的难度高，“两湾一宅”里有1万多户居民，还有1147个单位需要动迁。为了这次动迁，投入了600多人，普陀区所有精锐公司都出动了，而且组织了很多房源供居民挑选。

党和政府已经下定决心，在新世纪到来之前，无论如何要让这里的居民告别旧里，迁入新居，决不能让他们在黑洞洞的危棚简屋里迎接新世纪的第一缕阳光。

1998 年 6 月 25 日，普陀区政府和中远（上海）置业发展有限公司签订了“两湾一宅”动迁开发协议，中远出资前期费用 23 亿元，总投资 66 亿元。1998 年 8 月，动迁工作正式启动。

盼了半个世纪的两湾人家，终于迎来告别旧屋、乔迁新居的那一天。余兆泰一家三代 7 口人共分到了桃浦新村的三套新公房，总计将近 150 平方米。而原来他们家的棚户房子总共才 40 多个平方米。

时隔多年，陈泰明再度到桃浦新村还想再为余家拍一些照片，余兆泰老人的孙子已经结婚，在桃浦二村买了一套 80 多平方米的新房，余兆泰老人已经有第四代了。才两岁的小姑娘平时很喜欢去小区广场上看电影。

从“两湾一宅”到桃浦新村，不但住上了新公房，而且还有丰富多彩的文化活动，这样的好日子，两湾人原来可是想都不敢想。

当初搬家时，胡伟均曾撂下一句狠话：“再也不回潘家湾。”没想到十多年后，她竟然又住回了潘家湾这片土地上，不过如今这里已是中远两湾城。“我儿子说潘家湾现在很好的，过来一看果然环境这么好，全是高楼大厦，真是想不到。所以我让儿子明天就来买房。”如今胡阿姨住 28 楼，站在阳台上往远处眺望，苏州河两岸的风景尽收眼底。“下面一片碧绿，山青水绿，沿着河岸散步，心情很舒畅的。”

徜徉在“苏河十八湾”，感受旧区改造和苏州河治理带来的沧桑巨变。摄影师陈泰明所拍摄的那本苏州河沿岸棚户区动迁改造的历史相册，又将增添许多苏州河之夜的照片，它们将成为历史，永远留存。

再见虹镇老街

位于上海浦东新区曹路镇附近的中虹家园是一处配合旧区改造安置动迁居民的住宅小区，很多居民都是从虹口区的虹镇老街动迁过来的，那是上海最后一块集中的棚户区。在虹镇老街约 90 公顷的土地上，危棚简屋密集，环境脏乱差，那里的居住状况，在上海曾经是出了名的。

据居民王蔚回忆，因为都是老式的阴沟，小得很，雨一下大，水就要漫出来，“只好一桶一桶地舀水，倒到前门较大的阴沟里，实在吃力死了。一听到天气预报讲要下雨了，我就吓死了”。

加快旧区改造是历届上海市委、市政府大力实施的民生工程。20 世纪最后十年加上 21 世纪最初十年，二十年中全市共拆除旧房 7000 多万平方米，约有 120 万个上海家庭告别旧屋，乔迁新居。

虹镇老街的棚户区虽也曾经被拆除了一部分，但是由于体量太大、居民众多，它还是成了上海最后的成片棚户区，这里的居民一直在翘首盼望着动迁的那一天。

刘根伟是虹镇老街的老住户，一家老小蜗居在二十几平方米的老房子里。两个儿子到了成婚的年龄，由于买不起房子，刘根伟就在原来的老屋上又翻建了两层，楼上住人，楼下开店。可是即便这样，也没有上海人家肯把女儿嫁到他家。“大儿子谈恋爱，谈一个跑一个，谈不成功呀。还有一个儿子呢，谈了一个，女方父母跑到这里来偷看，看到我们家里这样的房子，不谈了。”

2010 年年底，虹镇老街的旧改动迁终于启动了。

这一轮动迁实施两轮征询的旧改新政。所谓“两轮征询”，第一轮是征询居民动迁的意愿，第二轮是看居民对动迁安置补偿方案是否认可并同意签订协议。只有在两轮征询中，同意和签约的居民占大多数，动迁工程才能实质性启动。

2011 年春节的除夕之夜，王蔚在她小杂货店的店堂里和棚户区的邻居们一道吃年夜饭。由于有近六成住户和动迁公司达成协议，顺利签约，离 70% 的二次征询“通过线”近在咫尺。大家约定明年春节也聚在王蔚家里一起吃年夜饭，但不是在虹镇老街的破房子里，而是在中虹家园的新房子。

两次征询、阳光动迁是近年来上海旧区改造动迁中的新政，虹镇老街的动迁公司把所有居民的基本情况、整个基地的安置房源和签约家庭的补偿方案全部公示出来，绝不暗箱操作。坚决杜绝早走的人吃亏，后搬的人占便宜，前紧后松、首尾不一的现象。

刘根伟一开始对底楼小店的门面只能按居住用房进行补偿的方案不是很满意，他迟迟没有签约，想等到最后看看是否有松动的迹象。街道和动迁公司的工作人员到刘根伟家来了好多次，政策口径丝毫没有松动。但他们了解到刘根伟当过省级劳模，又患有残疾，于是在安置环节上用足政策，帮他申请了动迁补助和残疾人生活困难补助。这些，刘根伟都看在眼里，他的心态有了明显的变化。很快，他不仅签了约，还做起了别的动迁居民的工作。

2011 年 3 月 21 日，终于有 70% 的居民在第二轮征询中和动迁公司签了约，这表明动迁工作将实质启动，日夜盼望动迁的居民终于梦想成真。那天夜晚，虹镇老街焰火齐放，热闹非凡。王蔚回忆，大家一边唱着“没有共产党就没有新中国”，一边手拉手转圈。“这首歌最能表达我们当时的心情，没共产党也没今天我们的动迁，动迁的每个居民都享受到阳光的温暖、党的温暖。”

2011 年 4 月 16 日，居民们终于告别了虹镇老街的棚户。2012 年春节，王蔚和众多动迁居民终于实现了在新房子里吃年夜饭的心愿。王蔚原先在虹镇老街开了家烟纸杂货店，做了二十年的老板娘。乔迁到中虹家园后，原本她想小店新开。当看到新居的环境，她却彻底改变了主意：“搬到这里一看，我阳台外面是大草坪，不忍心把这漂亮的草坪踩出一条路来，我不能做这样的事情。”为了保护小区的绿化，王蔚宁可放弃自己熟门熟路的生意，甚至改变家里的生活方式，她要尽情享受小区美好的环境和清新的空气。

不只是王蔚，许多从虹镇老街乔迁来的居民都特别珍惜小区的绿化环境，为此，他们自发组织了一支护绿队，每周义务清扫垃圾，维护小区环境整洁。

党和政府的旧区改造工程，使他们告别了棚户区，乔迁到新家园。动迁使生活更美好。如今，每天傍晚，居民们就会聚在小区花园里，跳舞做操，锻炼身体。

虹镇老街棚户区在2013年年底基本拆除，棚户居民全部得到动迁，最后的成片棚户区从上海的地图上消失。

由于棚户区空间狭小，做饭时只能把菜摆在楼梯上（摄影：陈泰明）

26

1. 大热天，因为屋里炎热，棚户区里的人们只能在外面乘风凉，甚至睡在外面（摄影：陈泰明）
2. 迷你“天桥桌”（上海市档案馆藏，摄影：陆杰）
3. 棚户区里的“一线天”（摄影：陈泰明）

逛书展
上海书展
名家签售
代邮

上海是一个喜欢阅读的城市，一直都有强大的读者基础，举办书展的消息一发出，就得到了公众的关注，很多人早早地通过各种途径去买票。

上海人逛过的书市、书展

郝晓霞　知白

或许很多人不知道，改革开放以来，上海曾举办过各种各样的书市、书展，对读书人来说是盛大的节日。除了大型的书市、书展外，上海的各大书店还不时地举办特价书展，特别是有固定时间、地点的文庙书市为申城读书人搭建了购书的便利平台。

这一系列的书市、书展给爱读书的上海市民提供了充实的文化大餐，为后来一年一度的上海书展打下了扎实的读者基础。同时也将对知识的推崇、对文化的尊重，长久地镌刻在了这座城市的基因里，让它成为一处人们心向往之的文化坐标。

书市变迁

上海原本就是中国近现代出版业的发祥地，也是传统出版重镇，改革开放后，出版业更是迅速发展，书的品种越来越多。1979 年 9 月，上海新华书店和上海人民出版社等联合举办了“庆祝中华人民共和国成立 30 周年图书展览会”，这可以说是全国首次大型图书展览会。

“我们有的时候叫书展，有的时候叫书市，各种名称不同，但基本上界定为有一个固定的时间，有一个主办单位供应一个展销的空间，然后有书店去设摊，包括曾经办过很多年的文汇书展，省版书店、医学书店、工具书店也都会办一系列的书展。”上海市书刊发行行业协会汪耀华回忆，1980 年的时候，在科技书店三楼有一个书展。再后来，是在现在的上海大剧院、原来的上海体育宫所在地，暑假办了一个比较大的书展。

1980 年放暑假，原上海音像资料馆研究馆员张景岳在报纸上看到了信息，就在上海图书馆南边，很多人去那里挑书，打九折。“我记得，我挑了好几本书，有一本一直到现在还在——《第一次世界大战》，大概是八毛多钱，我就买回来了。”

因为办了这几个书展之后，才有了在上海展览中心（那个时候叫上海工业展览馆）举行的 1981 上海书市。这是上海有史以来规模最大的一个书市，1981 年 9 月 6 日至 20 日举办，由上海新华书店主办，并邀请上海书店、外文书店参加。作为当时工作人员的徐新海回忆，门口的读者里三层外三层，本来开了一个小铁门，凭票入内，结果热情的读者把大门冲开。“这么多人怎么办呢？只能门打开，让读者进来。”

“不断地上架，书不断地运过来，这个时候的劳动量绝对是大的。”在汪耀华的记忆里，读者买书的热情高涨。“书都是抢的，不是说你挑的，没挑的机会。”他说，一卡车的书运来后很快就销售一空，金庸的书也在里面。出版人杨柏伟就是在书市里淘到了一本当年非常紧俏的新派武侠小说《书剑恩仇录》。“在新华书店是根本买不到的，我在书市里面买到了，从此以后就变成金庸迷了，他的书会去一本一本地买。”

虽然 1981 年上海书市成功举办，也一直被市民津津乐道，但直到五年后的 1986 年，上海才在上海展览中心举办了第二次大规模的书市。此次展区面积达五千多平方米，现在看来，这个规模并不大，但在当时却被称为“金秋文化盛会”。来逛书市的人群中有很多行家，片刻犹豫，看中的书就可能被别人买走了，包括冷门书。

1986 年上海书市成功举办为以后的书展设计提供了范本，积累了经验。之后的 1990 年、1996 年、1998 年、2001 年，上海都举办过类似的大型书展，除了这些大型书展外，还有各种特价书展让上海的读书人也是喜出望外。

书友云集

文汇报报社联合上海多家出版机构、书店举办的文汇书展从 1985 年开始举办，连续办了 12 届，极大地满足了读书人对新书集中购买的需求。那时候的书展没有固定的时间，也没有固定的地点，书展的举办信息一般都靠报纸来传递。报纸上登出来预告以后，大家就去了。最想要的书往往要开幕第一天去才能买到，去迟了，就没了。文汇书展坚持学术和高品质，叶辛长篇小说《孽债》的首发签名售书便在这里举行。

文庙书市的形成为爱好读书但囊中羞涩的人提供了一个好去处。这里买书比别的地方便宜，既有新书，也有古旧书市，在每个星期日，还要买门票。书市很早就开门了，有一段时间大概凌晨三四点钟就开始了，是全国各地的书友到上海必去的地方。

除了上海市民熟悉的这些书展、书市，还有一个出版行业内的订货会，叫沪版图书订货会，创办于 1987 年，基本上每年一届。虽然 2003 年遭遇非典，但这一年订货会依旧于 8 月在上海光大会展中心举行，且规模超过历届，反响非常好。自此，上海市新闻出版局酝酿，是不是做一个上海书展。

当时，上海已经有上海书城等大型实体书店，买书极其方便，那大型的书展是否还有继续举办的必要呢？上海书展在策划之初就有鲜明准确的定位，书展不光是卖书，更不是书城搬家，而是要成为中国最亲民的出版文化年度展和大都市文化交流的平台。

上海书展从2004年创办第一届起，就致力于把“为读者服务”落实于细节，不是局限于行业当中互相之间的信息交流，互相之间做生意，而是直接面对读者，了解读者到底需要什么。开幕第一天，读者就能入场买书了。这个模式，从当年来看是一个很重要的突破。

上海是一个喜欢阅读的城市，一直都有强大的读者基础，举办书展的消息一发出，就得到了公众的关注，很多人早早地通过各种途径去买票。2004年上海书展的地点选择在了上海展览中心，面积超过两万平方米。到了书展开幕那一天，爱读书的人不畏酷暑，从四面八方赶来会聚一堂，一起享受这场图书的超级盛宴。

书展举行期间，展馆里每天进行一定样本量的随机调查。根据当时的调查结果，95%的读者表示明年还要来参加书展，82%的读者对书展非常满意，满意度主要集中在图书品种丰富。这份调查报告也指出了不足，读者提出的各种各样问题，主办方认真听取，为第二年书展的改进、改变提供依据。长此以往，书展每年的满意度在增加。比如，考虑到拎书重，先是设立了临时寄存图书，后面有快递了，读者空着两手回家，等着送货上门即可。

市民朱震宇感叹，以前，最早来书展的时候，至少三样东西要带：带干粮，带现金，带一个足够大的书包过来装书。现在基本上书展里面吃的喝的都能买到，支付都能移动支付，买完书还能快递回家，现在带个手机就都能逛了。

阅读之美

每一届书展，主办方都会推出几个吸引读者的亮点。2006年，上海人民美术出版社就在展区里特意布置了一个上海老式弄堂的景观，勾起了许多人的童年回忆。不论大人小孩，只要进来看二十分钟，就赠送一本连环画。

书展上平均每天百余场的活动也是不少读者追逐的热点。尤其在中央大厅常可以看到排长队、人挤人的火爆场面。大厅尽管很大，但挤满了人，大家都想一睹文坛名家的风采，排队等候其签售的人绕了一圈又一圈、一圈又一圈，队伍的尾巴一直延伸到了二楼。

活动一场接一场，讲座、座谈会、签售……场地是一档难求，基本上一个小时甚至半小时就有一场活动，进来的读者常常能与心仪的作者不期而遇。读者陈安清带儿子逛书展时就邂逅了外国作家马克·李维，他们还与马克·李维交流了一番。

每年，在书展举办期间，“书香中国”阅读论坛也会在友谊会堂举行，可谓文人荟萃，名流雅集。据相关组织方介绍："每年到了 8 月份，我们都会以'书香上海'的名义去邀请中外的知名人士、文化大家来到上海参加书展，跟读者分享他们的阅读经验和文化感受。"在这样一个具有引领性的高端论坛上，既有思想的激荡，也有情怀的传递，还有很多的感动。最让人感动的是读者的那份热情，大家来报名参加论坛，火爆的程度就跟 8 月份上海的天气一样，"他们在书展论坛上细心聆听的那份专注，时常打动我们"。

2008 年，上海书展首次创设了主宾省机制，安徽成为上海书展第一个主宾省。这一年正好是改革开放三十周年，农村的改革开放首先是在安徽凤阳小岗村打响。当时，"大包干"18 人之一、彼时小岗村村委会副主任关友江来到现场。而他签售的，正是讲述这段拉开农村改革序幕的小说《美丽的村庄》。

2009 年，上海书展首次在主场馆之外设立分会场，之后点位不断增加，让书香遍布上海的各个区域。

2011 年，上海书展首次设立上海国际文学周，把眼光放向全世界，从此每年都会邀请国际上的知名作家与读者见面，参加作品研讨、演讲和对话活动。

书香“闹钟”

上海书展为期一周，每到闭幕的时刻，读者都会恋恋不舍，书展组委会工作人员会排队欢送最后一批读者，还有一个惊喜留给最后一位读者——作为“荣誉读者”受邀第二年作为首位读者进入书展。

而当读者回到家中细细品味书香的时候，书展场地上忙碌的撤展工作才刚刚开始。上海新华传媒连锁有限公司江利透露，为了保证读者的体验度比较好，参展单位要保证，一直到书展结束前的最后时间，书架上的图书商品也必须是非常丰满的，而不能让读者看到稀稀拉拉的，这里准备撤退、那里准备撤退。所以，最后一批离开现场的同事负责打包，物流再用车辆将其运回到仓库，每年书展上负责“压轴”的工作人员基本上能够看到第二天早晨刚刚升起的太阳。

已有数十年历史的上海书展，就像是个闹钟，每年都会响一响，提醒大家重温书香。正是因为上海书展与时俱进、常办常新，才得以连续举办到今天。当每一次的书展“闹钟”再度响起，爱书的人又会在上海展览中心不期而遇，一起共享浓郁的书香，构建起一个无形的阅读场，营造全民阅读氛围，让城市文化活力奔涌不息，阅读之美浸润人心。

2004 年，上海图书交易会更名为上海书展，开始面向普通市民开放。图为人们排着长队购票（《解放日报》图，摄影：金定根）

20 世纪 70 年代末到 80 年代，社会释放了空前的读书热，上海逐步进入一个全民阅读时代。图为 1982 年夏，新华书店文史哲专柜前簇拥的读者（《新民晚报》图，摄影：周天虹）

人如潮涌的上海书展场景（摄影：徐正魁）

后记

《上海市民生活记忆》从《档案春秋》历年刊载和“档案春秋”微信号以往推送的文章中挑选了与上海市民生活记忆密切相关的20篇文章，分为寻味、忆趣和城记三部分，其中有的文章如《弄堂里厢“乘风凉”》《逐渐远去的叫卖声》，呈现城市的飞速变迁，留住上海人的乡愁记忆；有的如《人民公园故事多》《当年阿拉“白相”城隍庙》通过个人回忆，连接起了城市地标的历史与现实；还有的如《记忆中的上海年味》《上海人逛过的书市、书展》等，反映了上海人独特性格气质，描摹出这座城市的“集体人格”。在形式上，本书通过亲历者的述说、档案资料和连环画作品，多维度展现上海市民生活的独特记忆，描绘出一幅穿越时光的鲜活画卷。

本书的顺利出版，凝聚了多方智慧与心血。在此，谨向所有参与和支持本书编撰工作的相关单位及各界人士致以诚挚谢意：

影像支持：新民晚报社、解放日报社

黄浦区档案局（馆）

插画绘制：罗希贤

特别支持：王明远、罗英

文创设计：邵毓挺、徐一唯

配套动画：岁大食

视频：孙中钦

校对：王礼荣

同时，衷心感谢上海市档案馆为本书付出辛勤努力的各位同仁：张姚俊、何品、周晓瑛、魏松岩、楚焰辉、张劲、徐烜、李红、葛冬冬、王良镭、秘薇、陆闻天、方亚琪、戴舒、陈皓。

本书在编撰工作中难免有不当之处，恳请广大读者予以指正。

编　者

2025 年 5 月

图书在版编目（CIP）数据

上海市民生活记忆 / 上海市档案馆编 . -- 上海 : 上海文化出版社 , 2025. 7.（2026.1 重印）-- ISBN 978-7-5535-3196-0

Ⅰ . I267

中国国家版本馆 CIP 数据核字第 2025W8J344 号

出 版 人：姜逸青
统　　筹：罗　英
责任编辑：张　彦
装帧设计：李一佳

书　　名：上海市民生活记忆
编　　者：上海市档案馆
插　　画：罗希贤
出　　版：上海世纪出版集团　上海文化出版社
地　　址：上海市闵行区号景路 159 弄 A 座 3 楼 201101
发　　行：上海文艺出版社发行中心
上海市闵行区号景路 159 弄 A 座 2 楼 201101
www.ewen.com
印　　刷：上海雅昌艺术印刷有限公司
开　　本：889×1194　1/32
印　　张：9.125
印　　次：2025 年 7 月第一版　2026 年 1 月第二次印刷
书　　号：ISBN 978-7-5535-3196-0/I.1240
定　　价：68.00 元
告 读 者：如发现本书有质量问题请与印刷厂质量科联系
（T：021-6879899）